長編小説

七人の人妻

睦月影郎

竹書房文庫

目次

※この作品は竹書房文庫のために
書き下ろされたものです。

第一章　初体験して女体巡りを

1

「今日はお客さん来ますかねえ……」

星児《せいじ》はコーヒーを淹《い》れながら、吾郎《ごろう》に言った。ここは「古書の月影堂《つきかげどう》」という名の喫茶店で、星児はバイトである。

「ああ、来なくていい。そんなことは気にするな」

店のオーナーである七十年配の吾郎が、カウンターでコーヒーを待って一服しながら答えた。

この月影《つきかげ》吾郎という男は独身で、何をして食っているのか分からないが、まるで商売気はなく、いつも作務衣《さむえ》姿で坊主頭に丸メガネの巨漢。謎の男だが、星児にとっては、店は暇でも日払いのバイト料が滞らないので有難《ありがた》かった。

店は三人掛けのカウンターに、四人掛けのテーブルが一つあるきりで、あとは古書コーナーがあった。

吾郎は開店と閉店の時、日に二回、店でコーヒーを飲み、あとは二階の書斎で何やら執筆をしているようだ。

北川《きたがわ》星児は二十《はたち》歳の大学三年生。近所のアパートに暮らし、ここで朝から夕方まで店番をしながら、持ち込んだノートパソコンでリモート講義を受け、冷蔵庫にある食材でブランチを食うのが習慣になっていた。

実家は静岡で歯科医を営み、歯科医大を出た兄が継ぐ予定なので先の心配はない。星児は文学部で、将来は国語教師か、上手《うま》くすれば作家デビューしたいと思っていた。

ここ月影堂は湘南の住宅街の外れにあり、まず客は来ず、たまに何かの間違いで散歩中の老人が入り、少し本を読んでコーヒーを飲む程度だった。

やがてコーヒーが入り、ソーサーに載せてカウンターに置くと、吾郎が受け取りブラックで飲んだ。

「星児、ここへバイトに来てどれぐらいになる」

吾郎が顔を上げて訊《き》いてきた。

「ちょうど半年ですね」

「そうか、暇な店でよく飽きないものだ」

それはこっちの台詞《せりふ》だと思いつつ、星児は自分もブラックコーヒーを飲んだ。

「ええ、ここで授業も受けられますし、好きな本も揃っているので。オーナーこそ、一日じゅう二階で何してるんですか」

星児は訊いてみた。

そういえばこの半年、こんな会話をしたのは初めてである。いつも吾郎は黙々とコーヒーを飲んでは二階へ上がり、また夕方降りてくるだけだ。

「ああ、世界征服の構想を練《ね》っている」

吾郎が答えた。もちろん星児は本気になどせず、空想小説でも書いているのではないかと思った程度だった。

「ご家族はいないんですか」

さらに星児は訊いた。この半年、親族らしき人が訪ねて来たこともないのだ。

「法律上は天涯孤独だが、実はわしには戸籍に入っていない六人の娘と一人の孫がいる。もう全員が嫁《とつ》いで家庭に収まっているが」

「へえ、そうなんですか……」

意外な返事に、星児は目を丸くした。

「時に星児は、まだ無垢《むく》だな？」

「え、ええ……、そんなにモテないタイプに見えますか……」

いきなり訊かれ、星児も正直に答えていた。

実は二十歳になった今も童貞で、風俗体験どころかファーストキスも未経験なのである。

「見える。だが性欲はあろう」

「それはありますよ。日に三回でも四回でも抜かないと」

星児は答えた。実際、まだ触れていない女体を思い、毎日それぐらいオナニーしないと落ち着かないのだ。

「ならばお前に頼む。わしの娘や孫である、七人の人妻を順々に抱いて、彼女たちの能力を吸収し、わしの世界征服を手伝ってもらいたい。いずれわしの養子にして、この三十坪もの土地と二階建ての大豪邸をやる」

「はあ、話がよく分からないのですが……、それに能力って……」

星児は混乱しながら訊いた。少なくとも彼は、この半年で吾郎に気に入られたことは確からしい。

すると吾郎はコーヒーをもう一口飲み、新たな煙草に火を点《つ》けて答えた。

「わしの娘や孫は、皆それぞれ特殊能力を持っている」

「超能力ですか……」

「ああ。だが彼女たちの夫はみな最初から無垢ではなかったので、その能力を吸収出来なかったから、宝の持ち腐れだ。妻にどんな力があるかも知らず、平凡な主婦にさせておる。高級電子レンジを戸棚に使うようなものだ」

「はあ……」

よく分からない例えだが、星児も次第に話にのめり込んでいった。とにかく、女性が抱けるかもしれないというだけで乗り気になっているのだ。

「彼女たちもまた、自身の能力に気づいていない者もいるし、彼女たち自らは力を存分に発揮しておらず、能力を男に移すのが役目なのだ。とにかくお前は、もうこの店は良いから七人の女に会え」

「七人って、まるで北斗七星ですね。最後に北極星を見つけるとか」

「そんな使い古されたミステリー話ではない。いわば、北極星はお前だ。これから七人を順々に攻略すれば、いずれわしの計画も見えてくる」

「ひ、一人目と体験したら、僕も無垢ではなくなるけど、大丈夫なんですか」

星児も、とにかく女性と知り合いたい気持ちで身を乗り出した。

「一人目の能力を吸収すれば、問題ない。だから一人目だけは決めている。あとは順不同だ」

「一人目は？」

「わしの孫の日野麻衣《ひのまい》。まだ十八歳で嫁《とつ》いだばかりだから、七人の中で唯一お前より年下だ。ああ、来た」

吾郎が言ったそのとき、ドアベルがカランと鳴り、一人の美少女が入って来たではないか。

（え……、このお人形のような可愛い子が、この謎のジジイの孫……）

星児が目を見張っていると、ふんわりしたセミロングの髪に清楚な服装をした麻衣という名の美少女は、笑窪《えくぼ》を浮かべ、八重歯《やえば》を覗かせて吾郎に笑いかけた。

「お久しぶり、お祖父《じい》ちゃん」

まだ高校生といっても通じそうな可憐な子が言ったが、実はもう人妻らしいのだ。

「ああ、元気そうで何より。これが前に話した北川星児だ」

「こんにちは」

吾郎が言うと、麻衣は星児にも笑いかけて挨拶した。

では、この麻衣は吾郎の血筋ということを自覚しているのだろう。

あとで聞くと、麻衣はこの春に女子高を卒業して大学に入ったが、すぐにも教授の息子に気に入られ、二十五歳でＩＴ産業のエリートである彼と結婚して中退、まだ新婚一ヶ月ということである。

「もう全て麻衣に話してあるので、あとは彼女の指示に従うように」

吾郎が星児に言うと、麻衣も頷《うなず》きかけてきた。全て知っているというのは、星児が七人の人妻を抱くことも承知しているのだろう。

十八歳でスピード婚をするぐらいだから、どこか一風変わった子なのかもしれない。

「では行け」

「は、はい……」

吾郎に言われ、麻衣も促すので星児はエプロンを外してカウンターを出た。

一緒に店を出ると、店の一台分の駐車場に白い軽自動車が止まり、麻衣が運転席に座った。

星児も助手席に座ってシートベルトをすると、車内に籠《こ》もる甘い匂いに股間が熱くなってしまった。

（本当に、こんな可愛い子を抱いていいんだろうか。しかも新婚一ヶ月なのに……）

星児が思うと、麻衣は車をスタートさせ、住宅街を抜けて海岸へと向かった。

「あの、何か能力を持っているの？」

星児が訊くと、軽やかにハンドルを繰りながら麻衣も答えた。

「ええ、人から好かれやすくて、私と会う誰もが保護欲をそそるみたい」

それは、可愛い子なら当たり前のことじゃないのか、と星児は思った。

「それともう一つ、人の能力を吸収する力」

「え……？」

「私は物覚えが良くて、何か習うと教えてくれた人と同じぐらいの力になってしまうのだけど、お祖父ちゃんに言わせると、私の体液を吸収した無垢な男は、その力をさらに強く持つということなの」

「た、体液……、じゃ君のご主人もその力を？」

「うちの夫は無垢じゃなかったから、単に平凡な秀才に過ぎないわ」

秀才ならいいじゃないかと思ったが、とにかく麻衣の力は、無垢な男だけが得ることが出来るようだから、吾郎は麻衣を最初に選んだのだろう。

彼は、無理してバイト代を貯めてソープに行かなくて良かったと思い、そして能力云々《うんぬん》はまだ眉唾《まゆつば》としても、こんな可憐な若妻が抱けるなら嬉しいと思った。

「そ、それで、本当に僕が相手でも構わないの？　新婚なのに……」

「ええ、星児さんが嫌でないなら」

「い、嫌なんてとんでもない。でも月影さんの言うことを信じてるんだね……」

「血が繋《つな》がってるから、お祖父ちゃんの気持ちもよく分かるの」

麻衣は答え、やがて海岸沿いにあるマンションの駐車場に車を入れたのだった。

2

「い、いいのかな……、ご主人と暮らす二人の城に……」

マンションの五階にある部屋に招かれ、星児は豪華なリビングを見回して言った。

調度品も高級で、麻衣は何不自由ない生活をしているようだ。

「構わないわ。主人は出張が多いし、今日も戻らないから。こっちへ」

麻衣が言い、寝室に招こうとしたので彼は慌てて言った。

「そ、その前にシャワーを借りたいんだ。ゆうべ入浴したきりだから」

「いいわ」

すると麻衣は星児を脱衣所に案内して、タオルを出してくれた。

彼女が出ていったので、星児は急いで服を脱いで全裸になり、ブランチのあと歯磨きもしていないので、洗面台にあったピンクの歯ブラシを勝手に借りた。青い歯ブラシは旦那のものだろう。

そして思わず洗濯機の中に下着でもないか探そうとしたが、これから生身が自由になるのだからと我慢し、彼はバスルームに入り、歯を磨きながらシャワーを浴び、ボディソープで特に股間と腋《わき》を洗いながら、勃起しそうになるのを堪《こら》えて放尿まで済ませた。

気が急《せ》く思いでこれらを最短時間で済ませ、身体を拭くと腰にバスタオルを巻いて、脱いだものを持って寝室へと行った。

すると寝室には、セミダブルとシングルのベッドが並んでいた。出張中という旦那のベッドはきちんと布団が掛けられ、麻衣はすでに自分のシングルベッドに全裸で横たわっていたのである。

(うわ、本当にしていいんだ……)

星児は期待と興奮でピンピンに勃起しながら思い、腰のタオルを外すと、そろそろとベッドに近づいていった。

見下ろすと、セミロングの黒髪が白いシーツに映え、整った肢体が息づいていた。

色白で乳房は形良くツンと上向き加減で、乳首も乳輪も初々《ういうい》しい桜色をして、腰から太腿《ふともも》は意外にムチムチと豊かな張りを持っている。

股間には淡い翳《かげ》りがあり、しかも十八歳の若妻の柔肌からは生ぬるく甘ったるい匂いが漂っていた。

「いいわ、何でも好きにして。童貞なら、してみたいことが山ほどあるでしょう」

麻衣が身を投げ出したまま、欲求が満々に溜まった彼の心を理解したように言ってくれた。

そこまで言ってくれるのならと、星児も遠慮がちに添い寝し、まずはピンクの乳首にチュッと吸い付き、舌で転がしながら顔中で柔らかな膨らみを味わい、もう片方の乳首にも指を這わせた。

「あん……」

麻衣がビクリと反応してか細く声を洩《も》らし、うねうねと身悶えはじめると、ほんのり汗ばんだ胸元や腋から、さらに濃く甘ったるい匂いが揺らめいた。

彼女が喘いで、激しく悶えてくれるので、未熟な愛撫が恥ずかしかった星児も、次第に積極的に行動出来るようになり、仰向《あおむ》けの彼女にのしかかるように、左右の乳首を存分に味わった。

高校は女子ばかりだと言っていたので、恐らく処女で卒業したのではないだろうか。そうすると、まだ男は旦那以外知らないに違いなかった。

さらに彼は麻衣の腕を差し上げ、ジットリと生ぬるく湿った腋の下にも鼻を埋め込んだ。

何でも好きにしていいと言われていたので、勇気を出して嗅ぎたかったのだ。

「あん、くすぐったいわ……」

スベスベの腋に鼻を擦りつけて嗅ぐと、麻衣がクネクネと悶えて言い、甘ったるい汗の匂いが悩ましく鼻腔を掻《か》き回してきた。

(ああ、これが女の子の匂い……)

星児は胸を満たしながら思った。

どうしても見た目が美少女だから、人妻であるという意識が薄く、可憐な処女でも相手にしているような気分になった。

若妻の体臭を充分に嗅いでから、彼は白く滑らかな肌を舐《な》め降りていった。

愛らしい縦長の臍《へそ》を舌先で探り、ピンと張り詰めた下腹に顔を押し付けると心地よい弾力が返ってきた。

そして腰の丸みから太腿へ降り、脚を舐め降りていった。

本当は早く股間を見たり嗅いだり舐めたりしたいが、それをするとすぐ入れたくなり、あっという間に済んでしまうだろう。

せっかくとびきり可憐な若妻が身を投げ出し、何でも好きにして良いと言っているのだから性急にせず、隅々まで味わってから、肝心な部分は最後にしたいと思ったのだった。

麻衣も、されるままじっと身を投げ出してくれていた。

脛《すね》も実に滑らかな舌触りで、彼は足首まで下りると足裏に回り込み、踵《かかと》から土踏まずを舐め、縮こまった指の間に鼻を割り込ませて嗅いだ。

そこは生ぬるい汗と脂《あぶら》にジットリ湿り、蒸れた匂いが悩ましく沁《し》み付いて鼻腔を刺激してきた。

（女の子の足の匂い……）

星児は感激と興奮に包まれながらムレムレの匂いを吸収し、爪先にもしゃぶり付いて指の股にヌルッと舌を潜り込ませて味わった。

「あう……、汚いのに……」

麻衣がビクリと脚を震わせて呻《うめ》いたが、拒みはしなかった。星児は全ての指の間をしゃぶり、両足とも味と匂いを貪《むさぼ》り尽くしてから、ようやく顔を上げた。

「うつ伏せになって」

興奮にかすれた声で言うと、麻衣も素直に寝返りを打ってくれた。

星児はあらためて屈み込み、彼女の踵からアキレス腱を舐め上げ、脹《ふく》ら脛《はぎ》から汗に湿ったヒカガミ、太腿から尻の丸みを味わった。

そして腰から滑らかな背中を舐め上げると、微かに残ったブラの痕《あと》には淡い汗の味が感じられた。

「アァッ……！」

背中も感じるようで、麻衣はくすぐったそうに身悶え、顔を伏せて喘いだ。

星児は肩まで舌を這わせ、柔らかな髪に鼻を埋めて幼げな乳臭い匂いを嗅ぎ、湿った耳の裏側も念入りに舐めた。

再び背中を舐め降りて、たまに脇腹にも寄り道しながら白く丸い尻に戻ってきた。

うつ伏せのまま股を開かせて腹這い、尻に顔を迫らせて指で谷間を広げると、可憐な薄桃色の蕾《つぼみ》がひっそり閉じられていた。

鼻を埋め込むと顔中に弾力ある双丘が密着し、蕾に籠もる蒸れた匂いが鼻腔を刺激してきた。

星児は充分に嗅いでから舌を這わせ、襞《ひだ》を濡らしてヌルッと潜り込ませると、

「あう……」

麻衣が呻き、キュッときつく肛門で舌先を締め付けてきた。

星児は中で舌を蠢《うごめ》かせ、滑らかな粘膜を探りながら、こんな美少女でもちゃんと排《はい》泄《せつ》の穴があることを大発見のように思った。

ようやく顔を上げ、再び麻衣を仰向けにさせると、彼女もすっかり熱い呼吸を繰り返していた。

片方の脚をくぐり抜けて股を開かせ、ムッチリした内腿を舐め上げて股間に迫ると彼の顔中を秘めやかな熱気と湿り気が包み込んできた。

見ると、ぷっくりした丘には楚々《そそ》とした若草が煙り、肉づきが良く丸みを帯びた割れ目からは僅かにピンクの花びらがはみ出していた。

ドキドキしながら指先を当て、そっと陰唇を左右に広げると、中は思っていた以上にヌメヌメと蜜の溢れたピンクの柔肉。神秘の膣口は細かな花弁状の襞を入り組ませて息づき、ポツンとした小さな尿道口もはっきり確認出来た。

もちろんインターネットで女性器ぐらい見たことはあるが、やはり生身を直《じか》に見るのは実に感激が大きかった。

包皮の下からは、小粒のクリトリスが光沢を放ってツンと突き立っていた。

もう堪《たま》らず、彼は吸い寄せられるように若妻の中心部に顔を埋め込んでいった。

柔らかな若草に鼻を擦りつけて嗅ぐと、大部分は腋の下に似た生ぬるく甘ったるい汗の匂いで、それにほんのりと蒸れたオシッコの匂いも混じり、悩ましく鼻腔を掻き回してきた。

(ああ、これが女の匂い……)

星児は感激と興奮の中で刺激を味わい、胸を満たした。

舌を挿《さ》し入れ、息づく膣口の襞をクチュクチュ掻き回すと、淡い酸味のヌメリが舌の動きを滑らかにさせた。

そのまま柔肉をたどってクリトリスまで舐め上げていくと、

「アァッ……!」

麻衣がビクッと顔を仰《の》け反らせて喘ぎ、内腿でキュッときつく彼の両頬を挟み付けてきた。

星児はもがく腰を抱え込んで押さえ、執拗にチロチロとクリトリスを舐めては、新たに湧き出してくる清らかな蜜をすすった。

そして彼女の体液を舐め取るたび、何やら神秘の力が自身に宿ってくるような気がしてきたのである。

（これで人の能力を吸収する力が僕の中に……）

星児は思いながら、舌先で弾《はじ》くようにクリトリスを刺激しては、悩ましい匂いで鼻腔を満たした。麻衣も熱く喘ぎ、白い下腹をヒクヒク波打たせては、内腿に力を込めて彼の顔をムッチリと締め付けるのだった。

3

「も、もうダメ、いきそう……！」

麻衣が声を上ずらせて言い、半身を起こして星児の顔を股間から追い出してきた。

やはり、舐められて果てるより一つになりたいのだろう。

星児も這い出して横になると、そのまま麻衣が移動して彼の股間に腹這い、まずは自分がされたように両脚を浮かせて尻の谷間を舐めてくれたのだ。

「あう、いいよ、そんなこと……」

星児が、申し訳ないような快感に思わず言ったが、麻衣は構わずチロチロと舌を這わせ、ヌルッと潜り込ませてきた。

「く……、気持ちいい……」

彼は妖《あや》しい快感に呻き、味わうようにモグモグと肛門で若妻の舌先を締め付けた。

彼女の熱い鼻息が陰嚢《いんのう》をくすぐり、内部で舌が蠢くたび、内側から刺激されるように勃起したペニスがヒクヒクと上下した。

ようやく彼女は星児の脚を下ろし、舌を引き離すとそのまま陰嚢を舐め回し、二つの睾丸《こうがん》を転がしてくれた。

「ああ……」

ここも実に感じる部分だった。オナニーではペニスしかいじらないので、自分の中に眠っていた快感が新鮮だった。

やがて麻衣は袋全体を生温かな唾液にまみれさせると、身を乗り出して肉棒の裏側をゆっくり舐め上げてきた。

滑らかな舌が先端まで来ると、彼女はヒクつく幹を指で支え、粘液の滲《にじ》む尿道口をチロチロと舐め回し、張り詰めた亀頭にもしゃぶり付いた。

そのままスッポリと喉の奥まで呑み込むと、麻衣は熱い鼻息で恥毛をそよがせ、幹を丸く締め付けて吸い、口の中ではクチュクチュと満遍なく舌をからみつかせて生温かな唾液にまみれさせた。

「い、いきそう……」

生まれて初めて、憧れのフェラチオをされた星児は、急激に高まって口走った。

するとと麻衣が、すかさずチュパッと口を引き離したのだ。

「入れたいわ。いい？」

「ま、跨《また》いで上から入れて……」

麻衣が顔を上げて言うので、身体が溶けてしまいそうなほど力が抜けている彼は、とても起き上がれず仰向けのまま答えた。

すると麻衣も前進して彼の股間に跨がり、自らの唾液に濡れた先端に割れ目を押し当ててきたのだ。

そして、指で陰唇を広げて先端を膣口に合わせると、息を詰めてゆっくり腰を沈み込ませていった。たちまち張り詰めた亀頭が潜り込むと、あとは重みと潤いでヌルヌルッと滑らかに根元まで呑み込まれてしまった。

「く……」

星児は肉襞の摩擦に呻き、暴発しないよう懸命に奥歯を嚙《か》み締めた。

温《ぬく》もりも潤いも締め付けも、何もかも最高に心地よく、気を抜いたらすぐ果ててしまうだろう。だが、彼は少しでも長く初体験の快感と感激を味わっていたかった。

「ああ……、いい気持ち……」

彼女も完全に座り込むと顔を仰け反らせて熱く喘ぎ、密着した股間をグリグリと蠢かせ、膣内を締め付けて童貞のペニスを味わっているようだ。

動かなくても、きつい締め付けと息づくような収縮に彼は気が抜けなかった。

そして膣内が上下に締まることを知った。どうしても陰唇を左右に開くので、内部も左右から締め付けられると想像していたのだ。

まあ考えてみれば瞼も口も上下に開閉するし、ペニスだって上下に動くのだから、膣内が上下に締まるのも納得出来た。

やがて麻衣がゆっくりと身を重ね、上からピッタリと唇を重ねてきたのだ。

舌が潜り込み、彼も歯を開いて受け入れ、チロチロとからみつく唾液のヌメリと滑らかな舌触りを味わった。

これが星児のファーストキスである。

しかも互いの局部を舐め尽くした最後の最後に、ようやく唇を重ねるというのも妙なものであった。

充分に舐め合ううち、下向きの彼女の舌を伝って生温かな唾液がトロトロと注がれてきた。

小泡の多いシロップを味わい、うっとりと喉を潤すと、また彼の胸に甘美な悦《よろこ》びとともに、彼女の能力が広がって沁み込む気がした。

快感に任せ、星児が下から両手でしがみつきながら、思わずズンズンと股間を突き上げはじめると、

「アア……、いいわ……、両膝を立てて……」

麻衣が口を離して言うので、彼も僅かに両膝を立てた。どうやら彼女も腰を動かすので、引き抜けないよう尻を支えて欲しかったようだ。

いったん動きはじめると、あまりの快感に星児は突き上げが止まらなくなり、彼女も収縮を強めると、溢れる大量の愛液が生ぬるく陰嚢の脇を伝い流れて肛門まで濡らしてきた。

「い、いきそうよ……、もっと強く突いて……」

麻衣も、まだこの春になって処女を失ったばかりかもしれないのに、早くも膣内の快感に目覚めているように口走った。

彼女の口から吐き出される息は熱く湿り気を含み、何とも甘酸っぱく可愛らしい匂いがして鼻腔を刺激してきた。まるでイチゴかリンゴでも食べた直後のような、濃厚な果実臭である。

星児は間近に弾《はず》む美少女の吐息を嗅ぎながら、たちまち肉襞の摩擦と締め付けの中

で昇り詰めてしまった。

「いく……、アアッ……！」

彼は突き上がる大きな絶頂の快感に喘ぎ、熱い大量のザーメンをドクンドクンと勢いよく内部にほとばしらせた。

「あう、熱いわ、いく……、アアーッ……！」

すると奥深い部分に噴出を感じた麻衣も、それでオルガスムスのスイッチが入ったように声を洩らし、ガクガクと狂おしい痙攣《けいれん》を開始したのだった。

収縮と締め付けが増し、彼は心ゆくまで快感を嚙み締め、最後の一滴まで出し尽くしていった。

やはり自分でする射精とは段違いで、これほど気持ち良いものなら女を巡って争いが起きるのも納得出来るようだった。

すっかり満足しながら彼が徐々に突き上げを弱めていくと、

「ああ……」

麻衣も声を洩らし、肌の強《こわ》ばりを解いてグッタリともたれかかってきたが、それでもまだ膣内は息づくような収縮が繰り返されていた。

刺激された幹がヒクヒクと過敏に内部で跳ね上がると、

「あう、もう暴れないで……」

麻衣もすっかり敏感になっているように呻き、幹の震えを押さえるようにキュッときつく締め上げてきた。

星児は麻衣の重みと温もりを受け止め、甘酸っぱい吐息を間近に嗅ぎながら、うっとりと快感の余韻に浸り込んでいった。

「あ、中に出して大丈夫だったのかな……」

ふと彼は、済んでしまってから思い当たって言った。何しろ相手は人妻とはいえ、年下の可憐な美少女なのである。

「大丈夫、ピル飲んでいるから……」

すると麻衣も、息を弾ませて答えた。

避妊というより、生理不順解消のため服用する子が多いと、ネットで星児も読んだことがあった。

「残りの六人も、中出しして大丈夫だから心配要《い》らないわ」

麻衣が体重を預け、熱い呼吸を整えながら言った。

「みんな、僕が訪ねていくことを知っているのかな……」

「いいえ、知らないわ。お祖父ちゃんの意図を知っているのは私だけ。順々に私が案内することになるわ」

彼女が言う。

麻衣の持つ人に好かれて保護欲をそそるという能力が星児に宿ったとしたら、これから会う年上の人妻たちは、皆すんなりと彼を受け入れてくれるのだろうか。

ようやく麻衣が、そろそろと腰を浮かせて股間を引き離し、

「シャワーを浴びましょう」

と言いながら、ティッシュの処理は省略してベッドを降りた。彼も身を起こして寝室を出ながら、射精のあと自分で空《むな》しくザーメンを拭かなくて済むのは何と幸せなのだろうと思った。

バスルームに行くと彼女がシャワーの湯を出し、互いの股間を洗い流した。

悩ましかった麻衣の腋や股間、足指の匂いもこれで消えてしまったことだろう。

「何か変化はある？」

麻衣が訊いてきた。

「もちろん童貞を捨てた感激は大きいけど、それだけじゃなく、何となくだけど君の唾液や愛液を飲み込むたび、何やら未知の力が宿ってくるような気がした」

「そう、たぶん次の人に会えばはっきりするわ」

「ね、唾液や愛液が効果あるのなら、オシッコもどうかな……」

星児は、ムクムクと回復しながら言った。

何しろ十代の童貞時代から、女性から出るそれを味わってみたいという願望があったのだ。

「いいわ、少しなら出るかも……」

麻衣は拒まず身を起こしたので、彼もドキドキしながら床に座り込み、目の前に立った彼女の股間に顔を寄せた。どうやら、要求すれば麻衣は全て叶《かな》えてくれそうである。

「こうして……」

星児は言い、彼女の片方の足を浮かせてバスタブのふちに乗せさせ、開いた股間に顔を埋めて舌を這わせた。

やはり湿った恥毛に籠もっていた匂いは薄れてしまったが、柔肉を舐めると新たな愛液が溢れ、舌の動きがヌラヌラと滑らかになっていった。

星児は期待と興奮に勃起しながら、執拗にクリトリスを舐めては、特殊な力を含んだ愛液をすすった。

4

「アア……、また感じちゃうわ。でも漏《も》れそう。いいのね……」

麻衣が声を震わせ、脚をガクガクさせて彼の頭に摑《つか》まりながら喘いだ。

星児も、返事の代わりに割れ目に吸い付き、舌を這い回らせた。すると奥の柔肉が迫《せ》り出すように盛り上がり、何やら味わいと温もりが変化してきたのだ。

「あう、出る……」

麻衣が息を詰めて言うなり、チョロチョロと熱い流れがほとばしってきた。

舌に受けると、味も匂いも実に淡いもので、喉に流し込んでも全く抵抗はなかった。

勢いが増すと口から溢れた分が温かく胸から腹に伝い流れ、すっかりピンピンに回復したペニスが心地よく浸された。

「アア……、変な気持ち……」

ゆるゆると放尿しながら麻衣が喘ぎ、それでも勢いのピークを過ぎると急激に流れが衰えていった。

やがて完全に流れが治まると星児は残り香の中で余りの雫《しずく》をすすり、舌を這い回らせた。

するとポタポタ滴《したた》る雫に愛液が混じり、ツツーッと糸を引くようになり、割れ目内部はオシッコの味わいより愛液の淡い酸味のヌメリに満ちていった。

「も、もうダメ……」

麻衣が言って足を下ろすと、そのままクタクタと椅子に座り込んでしまった。

そして、もう一度互いにシャワーの湯を浴び、身体を拭いて全裸のまま寝室へと戻っていった。

「あんなことしたの初めて……」

再び横になった麻衣が言い、彼も添い寝した。どちらにしろ、もう一回ぐらい射精しないことには服も着られない。

「オシッコだけじゃないわ。足の指や、お尻の穴を舐めてもらったのも初めて」

「へえ、旦那さんは舐めないのかな、勿体《もったい》ない」

星児は、淡泊で真面目で、金持ちのボンボンらしい亭主を思って言った。それこそ吾郎が言ったように、高級電子レンジを戸棚に使うように、美女の使い方を十二分に分かっていないのだろうと思った。

「舐めたりしないわ。アソコだって、シャワーのあと少し舐めて、すぐ入れてくるだけだから、今日みたいに大きく昇り詰めたのは初めて」

「そう、洗ってから舐めるなんて、鰻重の鰻を洗って食うようなものだよ」

星児も、すっかり吾郎の感覚を理解したように言った。

「ね、もう一回したい……」

彼が甘えるように身を寄せて言うと、麻衣がそっとペニスに指を這わせてきた。

「すごいわ、もうこんなに硬くなって……。二回続けてなんて、うちの人は今まで一度もないわ」

麻衣が言いながら、やんわりと手のひらに包み込み、ニギニギ動かしてくれた。

「ああ、気持ちいい……」

「でも、私はもう充分だし、もう一回すると動けなくなってしまうから」

「じゃ、指でして……」

星児は言いながら、彼女に唇を重ねた。

「ンン……」

麻衣も熱く鼻を鳴らし、指の愛撫を続けながらチロチロと舌をからめてくれた。

「唾《つば》を垂らして、いっぱい……」

口を離して囁くと、麻衣も上から顔を寄せて口中に唾液を分泌させ、愛らしい唇をすぼめて迫った。そして白っぽく小泡の多い唾液をトロトロと吐き出し、彼は舌に受けて味わい、うっとりと喉を潤した。

彼女は祖父である吾郎の言うことを信じ込んでいるのだろう、自分の力を与えるようにたっぷりと唾を飲ませてくれた。

もう出なくなるほど飲み尽くすと、さらに彼は麻衣の開いた口に鼻を押し込み、甘酸っぱい濃厚な吐息で鼻腔を満たしながら、彼女の指の動きに高まっていった。

「気持ちいい、いきそう……」

絶頂を迫らせた彼が口走ると、麻衣は手を離してしまった。

「お口でしてあげるわ」

言いながら移動し、彼の開いた股間に腹這いになった。

「く、口を汚しちゃうよ……」

「大丈夫よ、全部飲むから。私も、与えるばかりじゃなく星児さんの出したものが欲しいの」

言うなり、パクッと亀頭にしゃぶり付いてきた。

「あう……」

星児は、指より心地よい口の中で幹を震わせて呻いた。

麻衣も舌を這わせて唾液に濡らし、熱い息を股間に籠もらせながら、顔全体を上下させ、スポスポとリズミカルな摩擦を開始してくれた。

「あう、すぐいきそう……」

星児は快感に呻き、彼女の動きに合わせてズンズンと股間を突き上げはじめた。

すると、たちまち二人の動きが一致し、彼はまるで美少女のかぐわしい口に全身が含まれ、舌で転がされているような快感に包まれた。

股間を見ると、可憐な若妻が上気した頬に笑窪を浮かべ、無心に吸い付いている。

(本当に、出していいんだろうか……)

そんな禁断の思いも快感に拍車をかけ、いくらも経たないうち星児は二度目の絶頂を迎えてしまったのだった。

「い、いく……、気持ちいい……！」

たちまち大きな快感に全身を貫かれて口走り、同時にありったけの熱いザーメンがドクンドクンと勢いよくほとばしった。

「ク……、ンン……」

喉の奥を直撃された麻衣が小さく呻き、それでも噴出を受け止めながら舌をからめて、強烈な吸引と摩擦を続行してくれた。

「あうう……」

射精と同時に吸われると、何やら陰嚢から直に吸い出されているような大きな快感が得られた。だから美少女の口を汚すというより、彼女の意思で吸い取られている気になった。

やがて心置きなく最後の一滴まで出し尽くし、彼はグッタリと身を投げ出した。

ようやく彼女も動きを止め、亀頭を含んだまま口に溜まったザーメンをコクンと一息に飲み干してくれた。

「く……」

喉が鳴ると同時に口腔がキュッと締まり、彼は駄目押しの快感に呻いてピクンと幹を震わせた。

すると麻衣が口を離し、なおも余りを絞るように幹をニギニギしながら、尿道口に脹らむ白濁の雫までペロペロと丁寧に舐め取ってくれたのだった。

ここでも彼は、自分でザーメンの処理をしなくて済む幸福に包まれた。

「く……、も、もういい、どうも有難う……」

星児は腰をくねらせ、過敏に幹を震わせながら降参した。

やっと麻衣も舌を引っ込め、チロリと舌なめずりしながら股間を離れて添い寝してきた。

彼は甘えるように腕枕してもらい、麻衣の温もりの中で余韻を味わった。

「気持ち良かった？　あまり味はないのね。少し生臭いけど嫌じゃないわ」

麻衣が優しく星児を胸に抱きながら囁いた。

してみると、まだ麻衣は夫のザーメンを飲んでいないようだ。

飲んで欲しいというような発想も湧かないほど淡泊な男など、この世にいるのだろうかと星児は思った。

そして麻衣の吐息を嗅ぎながら呼吸を整えたが、彼女の息にザーメンの生臭さは残っておらず、さっきと同じかぐわしい果実臭がしていた。

「さあ、もう落ち着いたでしょう」

やがて麻衣がそう言って身体を起こし、身繕《みづくろ》いをはじめたので、星児もベッドを降りて服を着た。

「これ、私を含む七人の名前と年齢よ」

と、麻衣が言って紙を出してきた。確かに、七人の名と歳が書かれている。
二、三十代が多く、最年長は三十九歳だった。
「明日、車で送っていくからラインを交換しましょう」

麻衣が言い、彼もスマホを出して連絡出来るようにした。

「明日はどこへ……」

「鎌倉へ行くわ。会うのは月岡友里子《つきおかゆりこ》、私のママよ。月岡は私の旧姓」

「え……？　実の母親……？」

麻衣の言葉に、星児は目を丸くした。二番目に星児が会う人妻は、最年長で三十九歳の麻衣の母親だというのである。

七人のうち、今日が最年少で、明日は最年長を抱くのである。しかも、二人は母娘なのだ。

「だ、大丈夫なの、君の気持ちは……」

星児は不安になって彼女に訊いた。

「ええ、ママも若い彼氏を欲しがっているし、お祖父ちゃんも含め、誰もが望んでいるのだから、誰も傷つかないわ」

麻衣が可憐な眼差《まなざ》しでそう言った。やがて星児は彼女のマンションを辞し、決まり悪いので月影堂には行かずに江ノ電で自分のアパートへと戻ったのだった。

5

（本当に、今日も人妻と……）

朝起きると、星児は今日のことを思って股間を熱くさせた。

部屋は六畳一間にバストイレだけ、机と本棚の他は、小さな冷蔵庫とレンジ、テレビがあるだけの部屋である。昨夜は、初体験の感激でなかなか寝付けなかったが、今日も美女が抱けるかもしれないのでオナニーは控えた。

本当なら、麻衣の思い出で抜きたいところだったが、欲望は一回でも多く生身に向けたいと思い、我慢した。この部屋でオナニーしなかった夜は初めてであった。

今日も星児は月影堂のバイトには行かず、冷凍食品でブランチを終え、シャワーを浴びて歯磨きを済ませると麻衣からの連絡を待った。

（それにしても、肌を重ねた相手が翌日に自分の母親と交わるなんて、彼女は平気なんだろうか……）

星児は思ったが、それだけ麻衣は祖父の吾郎を信奉し、あるいは洗脳されているのかもしれない。

すると麻衣からラインが入り、近くのコンビニまで車で来ているというので、星児もすぐにアパートを出て向かった。

コンビニの駐車場に行くと、もう麻衣が待機していたので、彼もすぐ助手席に乗り込んだ。

（この美少女の若妻を、隅々まで味わったんだ……）

星児は、今日も可憐な麻衣を見て思い、早くも勃起しはじめてしまった。

「ママも、お祖父ちゃんの娘ということは知っているわ」

麻衣が車をスタートさせながら言う。

どうやら吾郎は、麻衣の祖母、つまり友里子の母親と交渉を持ったが、彼女は孕《はら》んだまま別の男と一緒になったようだ。そして生まれた友里子は看護婦になり、医者と結婚して退職し、麻衣を生んだらしい。

「君のママ、友里子さんの能力というのは……？」

鎌倉へ向かう車の中で、星児は訊いてみた。

「ママは手当ての能力。どんな傷でも、ママが手を当てると急激に治っていくのよ。だからパパと結婚して、外科病棟を辞めるときはずいぶん患者さんたちに引き留められたようだわ」

麻衣が答える。

「それはすごい力だね……。医者のパパも、彼女を退職させたくなかっただろうに」

「パパは、そんな神秘の力なんて信じてないし、ママが患者の傷に触れて治ってしまうのも、単に偶然と思っているわ」

「それは勿体ない……」

「その力を、星児さんも宿すことになるのよ」

麻衣がそう言い、やがて車は鎌倉市内に入り、住宅街の一角にある豪邸の前に着いた。

この家で、麻衣は生まれ育ったのだろう。

開業医ではなく、麻衣の父親は大学病院に勤務しているようだ。

「じゃ、私は帰るから、あとはママとよろしくね。話は通じているので」

麻衣が言い、駐車場ではなく、門の前で停めてクラクションを鳴らすと、すぐにドアが開いて友里子が出てきた。

「うわ、緊張する。麻衣ちゃん帰っちゃうの?」

「ええ、もちろんよ。済んだら自分で帰ってね」

麻衣が言うので、星児は車を降りた。

「こんにちは、星児さんね」

門が開いて、友里子がにこやかに話しかけてきたので、星児も頭を下げた。

「じゃママ、よろしく」

「ええ、気をつけて帰りなさい」

母娘が言葉を交わすと、すぐに麻衣は車で走り去ってしまった。

「さあ、どうぞ中へ」

「はい、お邪魔します……」

友里子は星児を招き入れると門を閉め、彼を追い越し玄関のドアを開けてくれた。

星児が上がり込むと、友里子はドアを内側からロックし、さらに彼の緊張と興奮は高まった。

三十九歳の主婦、友里子は麻衣に似て顔立ちが整い、透けるような色白だった。そしてブラウスの胸がはち切れそうな爆乳で、尻の丸みも豊かだった。

麻衣が天使なら、友里子は天女というところか。子は他におらず、麻衣が一人娘らしいが嫁がせてしまったようだ。

やがて彼は広いリビングに通された。

「月影堂でバイトしているのね。お父さんも元気かしら」

「はい、元気にしてます」

茶も出ないのは、すぐにも始めたいからであり、友里子はその切っ掛けを探しているようで、星児は激しく勃起してきてしまった。

そして年下の麻衣と違い、美しい大人の女性と二人きりで緊張が湧くのも、何やら心地よかった。

何しろ星児の理想としては、この友里子のような美熟女に手ほどきを受け、やがて大人になったら麻衣のような美少女に教えたいと思っていたのである。

その順序は逆になったが、まだ彼も昨日初体験したばかりなので、童貞の気持ちになって友里子に甘えたいと思った。

「あの、友里子さんのご両親というのは……」

星児は、気になっていたことを訊いてみた。

「二人とも、南の島でノンビリ暮らしているわ。もちろん父は、私の本当の父親と思っているし」

「そうですか。吾郎さんはずっと独身で、色んな女性と……」

「そうね、月影の父も一種の超能力者で、力を秘めた子を生む女性を見分けていたのでしょうね」

友里子が言い、やはり麻衣と同じく、吾郎を信じ切っている感じである。

「友里子さんの能力というのは……」

「麻衣から聞いたでしょう。手当てで自分や人の傷を治せるというものよ。看護婦時代は忙しすぎて寝る暇もなかったわ」

友里子が言い、そして熱い眼差しでじっと星児を見つめ、彼は四十歳を目前にした美熟女の視線が眩《まぶ》しくて俯《うつむ》いた。

「さすがに、麻衣の力を宿しているようだわ。うんと可愛がってあげたい気持ち」

友里子も欲情を高めたように見つめて言い、星児も我慢出来なくなってしまった。

「じゃ、こっちへ来て」

彼女が腰を上げ、星児も気が急くように立ち上がって奥の寝室へ案内された。

そこにはダブルベッドが据えられているが、あとで聞くと夫はほとんど大学病院に泊まり込んでいるらしい。

だからダブルベッドでも、ほとんど友里子専用であり、彼女の匂いしか沁み付いていないだろう。実際寝室内には、美熟女の体臭らしい、生ぬるく甘ったるい匂いが立ち籠めていた。

「麻衣の教え方は上手だった？」

訊かれたが、やはり母娘となると遠慮が出て彼は曖昧《あいまい》に答えた。

それでも友里子は気にすることはなく、やはり吾郎の血筋だから変わっているのかもしれない。

「じゃ脱ぎましょう。私は受け身よりも積極的にするのが好きなので、じっとしていればいいわ」

友里子がブラウスのボタンを外しながら言うので、

「わ、分かりました……」

星児も答え、緊張と期待に胸を震わせて脱ぎはじめていった。

やがて全裸になり、ベッドに横になると、やはり枕には友里子の髪の匂い、汗や涎《よだれ》などの混じったらしい艶《なま》めかしい匂いが沁み付いていた。

その匂いを感じるたび、胸に沁み込んだ刺激がペニスに伝わってきた。

横になって見ていると、友里子もためらいなく脱いでゆき、見る見る白い熟れ肌が露わになっていった。

レースのカーテンだけ閉められ、寝室内は充分に明るかった。

友里子がブラを外して白く滑らかな背中を見せ、最後の一枚を下ろしていくと白く豊満な尻が彼の方に突き出されてきた。

（なんて色っぽい……）

星児は思わずゴクリと生唾を飲み、眺めだけで射精しそうなほど興奮を高めてしまった。

やがて友里子が一糸まとわぬ姿になって向き直ると、メロンほどもある爆乳が揺れて息づき、彼は美熟女の股間の茂みと豊満な腰のラインから目が離せなくなってしまった。

そして友里子は優雅な仕草でベッドに上がってくると、真っ先に星児の股間に顔を寄せてきたのだった。

第二章　美熟女の熱く貪欲な性

1

「すごいわ、こんなに勃《た》って……。でも綺麗で美味《おい》しそうな色……」

友里子が星児の股間で囁き、そっと指を当てて完全に包皮を剝《む》き、ツヤツヤと張り詰めた亀頭に熱い視線を注いだ。

「ああ……」

星児は、美熟女の熱い視線と息を股間に感じるだけで喘ぎ声が洩れ、尿道口から粘液が滲んだ。

昨日の麻衣はどこか無邪気さがあったが、こうして大人の女性にまじまじと性器を見られるというのは気恥ずかしく、また心地よいものであった。

まして友里子は元看護婦だから、何やらお医者さんごっこでもしているような興奮も湧いた。

「先っぽが濡れてきたわ」

ニギニギと幹を愛撫しながら言い、友里子が口を寄せ、チロチロと先端を舐め回してくれた。さらに張りつめた亀頭をしゃぶると、そのままモグモグと根元まで呑み込み、幹を締め付けて吸った。

熱い息が股間に籠もり、口の中ではクチュクチュと舌が滑らかに蠢き、たちまち彼自身は生温かな唾液にどっぷりと浸って震えた。

「ああ、い、いきそう……」

急激に高まった彼が口走ると、友里子はすぐスポンと口を離した。

「思いっきり嚙んでもいい？」

「そ、それだけは勘弁して下さい……」

股間から言われ、星児は身震いしながら嫌々をした。

「そう、私の力を見せてあげようと思ったのだけど、じゃここならいいわね」

友里子は言うなり大きく口を開き、彼の内腿にキュッと歯を食い込ませてきた。

そして肉を頰張ると、渾身《こんしん》の力で嚙んできたのだ。

「あう……、い、痛い……」

星児は甘美な痛みに呻き、クネクネと腰をよじった。

甘嚙みなら刺激的だが、次第に彼女は容赦ない力で肌を食い破ったのである。

「も、もうダメです……、どうか……」

激しい痛みにペニスも萎《な》えがちになり、彼は本気で身を起こして避けようとした。

ようやく友里子も口を離すと、唾液が細く糸を引いた。見ると内腿は変色し、クッキリと歯形が印されて僅かに血が滲んでいる。

「いい？　見ていて」

友里子が笑みを含んで言い、歯形にそっと手のひらを当てた。

すると、見る見る痛みが薄れてゆき、逆に心地よくなってきたではないか。

そして彼女が手のひらを離すと、いつしか歯形が消え失せ、内出血の変色は跡形もなく消え去っていたのである。

「どう、まだ痛い？」

「い、いえ……、痛くないです……」

訊かれて、星児は驚きに声を震わせて答え、萎えかけたペニスも勃起を甦《よみがえ》らせた。

これが、友里子の持つ特殊能力なのである。

「この力も、あなたのものになるわ。だからいっぱい舐めて」

「え、ええ……」

星児が頷くと、友里子は彼の股間から離れ、顔に跨がろうとしてきた。

「シャワー浴びてないけど構わないわね？　体液だけでなく、ナマの匂いも吸収しなければならないので」

友里子が言う。だから昨日の麻衣も、自然のままの体臭を漂わせていたのだろう。

「そ、それなら、先に足を……」

「いいわ」

言うと友里子も答え、星児の傍らに腰を下ろすと脚を伸ばし、そっと彼の顔に足裏を乗せてくれた。

星児は美熟女の足裏を顔中で感じ、舌を這わせながら形良く揃った指に鼻を埋め込んだ。やはりそこは汗と脂に生ぬるく湿り、ムレムレの匂いが濃厚に沁み付き、悩ましく鼻腔を刺激してきた。

彼は充分に匂いを貪ってから爪先をしゃぶり、全ての指の股に舌を割り込ませて味わった。

「あう、くすぐったい……」

友里子が呻き、彼が舐め尽くすと足を交代させた。星児は、そちらも充分に味と匂いを貪ると、

「もういいでしょう。跨がるわ」

彼女が言って身を乗り出し、大胆に仰向けの星児の顔に跨がり、鼻先に股間を寄せてきた。脚がM字になると、豊満な内腿がさらにムッチリと量感を増し、熟れた割れ目が迫った。

興奮に息を弾ませて見上げると、ふっくらした丘には黒々と艶《つや》のある茂みが濃く密集し、下の方は割れ目から溢れる愛液の雫を宿していた。

僅かに陰唇が開かれ、奥にはかつて麻衣が生まれ出てきた膣口が息づき、小指の先ほどもあるクリトリスがツンと突き立って、真珠色の光沢を放っていた。

すると、よく観察する間もなく、友里子が自分から彼の顔にキュッと股間を押し当ててきた。

「アア……、舐めて……」

彼女はすぐにも熱く喘ぎはじめ、グリグリと恥毛の丘を彼の鼻に擦りつけてきたのだ。星児も柔らかな感触を受け止め、茂みの隅々に籠もった汗とオシッコの匂いに噎《む》せ返りながら懸命に舌を這わせはじめた。

差し入れて膣口を掻き回すと、淡い酸味のヌメリが舌の動きを滑らかにさせた。愛液の量は、格段に麻衣よりも多かった。

柔肉の潤いを味わいながら、麻衣より大きめのクリトリスまでゆっくり舐め上げていくと、

「アアッ……、いい気持ち……」

友里子が熱く喘いだ。その瞬間、彼女は思わずギュッと座り込みそうになったので、前にあるベッドの柵にオマルのように両手で摑まり、彼の顔の左右で両足を踏ん張った。

チロチロとクリトリスを舐めると、大量の愛液がトロトロと滴ってきた。

仰向けなので割れ目に自分の唾液が溜まらず、純粋に愛液だけ溢れてくる様子が舌に伝わってきた。

蒸れた匂いを貪り、充分に舐めて愛液をすすってから、彼は白く豊満な尻の真下に潜り込んだ。

搗《つ》きたての餅のように弾力ある豊かな双丘が顔中に密着し、薄桃色の蕾に鼻を埋めて嗅ぐと秘めやかに蒸れた匂いが沁み付いていた。

舌先でチロチロとくすぐるように蕾を舐めて襞を濡らし、ヌルッと潜り込ませて滑

らかな粘膜を探ると、微妙に甘苦いような味わいが感じられた。

「あう……！」

友里子が呻き、キュッときつく肛門で舌先を締め付けてきた。星児はなおも、締まる蕾に舌を出し入れさせるように蠢かすと、割れ目から溢れた愛液が生ぬるく彼の顔にまで滴ってきた。

充分に味わってから舌を割れ目に戻し、飲み込めるほど多い分泌をすすってクリトリスに吸い付くと、

「も、もういい……、入れたいわ……」

すっかり高まった友里子が股間を引き離して言い、ゴロリと仰向けになってきた。

入れ替わりに星児も身を起こし、彼女の股を開かせ、股間を進めていった。

やはり、正常位も体験しておきたいし、ふくよかな友里子に乗るのは気持ち良さそうだった。

幹に指を添え、急角度に勃起したペニスを下向きにさせて、先端を濡れた割れ目に擦り付けながら位置を探ると、

「そこよ、来て……」

友里子も息を詰めて僅かに腰を浮かせ、誘導しながら言ってくれた。

ズブリと押し込むと、張り詰めた亀頭が潜り込み、あとはヌメリに合わせてヌルヌルッと滑らかに根元まで押し込むことが出来た。

「アアッ……！　いいわ、奥まで感じる……」

友里子は顔を仰け反らせて喘ぎ、若いペニスをモグモグと味わうように締め付けてきた。

星児も股間を密着させ、肉襞の摩擦と締め付け、温もりと熱い潤いを感じながら脚を伸ばし、身を重ねていった。

まだ動いて果てるのが勿体ないので、屈み込んでチュッと乳首に吸い付き、舌で転がしながら爆乳の感触を顔中で味わい、肌の温もりと甘い匂いを嚙み締めた。

左右の乳首を交互に含み、さらに腋の下にも鼻を埋め込むと、ジットリ湿った腋は何とも甘ったるい汗の匂いが濃厚に籠もり、彼は胸を満たして酔いしれた。

充分に嗅いでからのしかかり、上からピッタリと唇を重ね、舌を挿し入れると、

「ンンッ……」

友里子は熱く呻きながら、チュッと彼の舌に吸い付いてきた。

彼もチロチロと舐め回し、美熟女の生温かな唾液を味わった。

すると彼女が下から両手でしがみつき、ズンズンと股間を突き上げてきた。

「アア……、いい気持ちよ。もっと強く突いて、奥まで何度も……」

友里子が口を離し、淫らに唾液の糸を引きながら囁くと、彼も合わせて腰を突き動かしはじめた。

いったん動くと快感に腰が止まらなくなったが、上だと自由に動け、危うくなると律動を緩めて長持ちさせることも出来るようだ。

それでも彼女の吐き出す熱い息の、白粉《おしろい》に似た甘く濃厚な匂いを嗅ぐうち、否応《いやおう》なく絶頂が迫ってきた。

しかし、そのとき彼女が突き上げを止めて意外なことを言ってきたのだった。

2

「ね、待って、お尻を犯してみて……」

友里子が言い、高まっていた星児も驚いて動きを止めた。

「だ、大丈夫かな……」

「一度してみたいの。うちの人とは、もうすっかりしなくなっているし」

彼女が言うので、星児も好奇心を湧かせて身を起こした。

あとで聞くと医師の夫は四十五歳だが、麻衣が成長するとすっかり夫婦生活は疎遠になり、今は何しろ仕事が忙しいようだった。

星児はいったんそろそろと腰を引き、ペニスを引き抜いていった。

「あう……」

ツルッと抜けると友里子が声を洩らし、自ら両脚を浮かせて抱え、白く豊かな尻を突き出してきた。

見ると、割れ目から伝い流れる大量の愛液が肛門までヌメらせ、彼は愛液に濡れた先端を押し当てていった。

「いい？」

「ええ、いいわ、奥まで来てみて」

訊くと、友里子は口呼吸をして答え、懸命に括約筋《かつやくきん》を緩めた。

星児がグイッと押し込むと、角度もタイミングも良かったのか、張り詰めた亀頭が潜り込んだ。細かな襞が伸びきって丸く押し広がり、最も太いカリ首まで入ってしまったので、あとはズブズブと滑らかに根元まで押し込むことが出来た。

「アア、変な気持ち……」

友里子は深々と受け入れ、脂汗を滲ませて喘いだ。

さすがに内壁の感触は膣内とは異なり、それでも思っていた以上のベタつきはなくむしろ滑らかだった。

入り口はきつく締まるが、奥は案外広いものだと感じた。そして股間を押しつけると、豊満な尻の丸みが密着して心地よかった。

とうとう美熟女の肉体に残る、最後の処女の部分を頂いたのだ。

「いいわ、動いて、中に出して……」

友里子が言うので、星児は温もりと感触を味わいながら、徐々に腰を引いてはズンと押し込み、それを繰り返しはじめた。

すると彼女も、括約筋の緩急の付け方に慣れてきたようで、次第に滑らかに動けるようになっていった。

「ああ、気持ちいいわ、もっと強く……」

友里子が喘ぎながら自ら巨乳を揉みしだき、乳首をつまんだ。さらに空いている割れ目にも手を這わせ、愛液を付けた指の腹でクリトリスを擦りはじめたのである。

そして彼女が感じて悶えはじめると、連動するように肛門内部も妖しい収縮をはじめたのだった。

たちまち星児は、摩擦快感と股間に密着する双丘の弾力に高まった。

「い、いく……、気持ちいい……！」

彼は口走り、絶頂の快感に身を任せると、思わず股間をぶつけるように激しく動いてしまった。同時に、熱いザーメンがドクンドクンと勢いよく注入されると、内部に満ちるヌメリでさらに動きがヌラヌラと滑らかになった。

「あう、出ているのね。いい気持ち……！」

噴出の温もりを感じると友里子が呻き、続いてガクガクと狂おしいオルガスムスの痙攣を開始したのだった。

もっとも肛門感覚でというよりも、自ら激しくいじっているクリトリスによる絶頂かもしれない。

星児は快感に身悶えながら、心置きなく最後の一滴まで、直腸内に出し尽くしたのだった。

「ああ……」

満足して声を洩らし、動きを止めると、彼女も乳首や股間から手を離してグッタリと身を投げ出した。

すると抜こうとしなくても、ヌメリと肛門の収縮でペニスが押し出されてゆき、やがてツルッと抜け落ちてしまった。

何やら美女に排泄されたような興奮を覚えた。見ると丸く広がった肛門は僅かに粘膜を覗かせ、徐々につぼまって元の可憐な形に戻っていった。もちろん裂けた様子はなく、ペニスにも汚れの付着はなかった。

「さあ、雑菌が入るといけないから、早く洗った方がいいわ……」

さすがに元看護婦である友里子は、余韻を味わう暇もなく身を起こしてそう言い、星児も一緒にベッドを降りた。

そしてバスルームへ移動すると、すぐに彼女がシャワーの湯を出して彼の股間を流し、ボディソープで甲斐甲斐《かいがい》しく洗ってくれた。

「さあ、オシッコしなさい。中も洗い流さないと」

友里子が湯でシャボンを洗い落として言い、彼も回復しそうになるのを堪え、懸命に尿意を高めた。

ようやくチョロチョロと放尿し、出しきると彼女がもう一度シャワーの湯を掛けて屈み込み、消毒するようにチロリと尿道口を舐めてくれた。

「あう……」

その刺激で、たちまち彼自身はムクムクと再び鎌首《かまくび》を持ち上げていった。

「まあ、すごいわ。じゃ次は前に入れてね」

それを見た友里子が、目を輝かせて言った。

「ね、じゃ友里子さんもオシッコしてみて」

星児は床に座り、彼女を前に立たせて言った。そして昨日麻衣にもさせたように、片方の足を浮かせてバスタブのふちに乗せさせ、開いた股間に顔を埋め込んで舌を這わせた。

まだ彼女は股間を洗っていないので、恥毛には悩ましい匂いが沁み付いたままだ。

「アア、恥ずかしいわ……、いいのね、すぐ出そうよ……」

友里子も羞《は》じらいつつも尿意を高めて言い、彼の頭に摑まりながら新たな愛液を漏らしてきた。

見る見る内部の柔肉が蠢き、間もなく熱い流れがチョロチョロとほとばしった。

星児は舌に受けて味わい、彼女の持つ神秘の力を含んだ液体を喉に流し込んだ。

「ああ……、こんなことするなんて……」

放尿しながら友里子は声を震わせ、膝をガクガクさせて勢いを増した。

溢れた分が肌を伝い流れ、すっかり回復したペニスが温かく濡らされた。味も匂いも淡く控えめだから、彼は喉を鳴らして飲み込み、甘美な悦びと淡い匂いで胸を満たしていった。

流れが治まると、星児は舌を這わせて余りの雫をすすり、残り香を味わった。

「さあ、続きはベッドで……」

すると彼女は足を下ろして言い、息を弾ませながらシャワーの湯を浴びた。

やがて身体を拭くと、二人で全裸のままバスルームを出て寝室に戻った。

星児は仰向けになり、

「ね、今度は上から跨いで入れて」

言うと友里子も頷き、まず勃起したペニスにしゃぶり付いて唾液に濡らした。

何度かスポスポと唇で摩擦してから顔を上げ、彼女は前進して跨がってきた。

そして先端を割れ目に押し当て、腰を沈めてゆっくりヌルヌルッと根元まで受け入れていった。

「アアッ……、いいわ、やっぱりこっちの方が……」

完全に座り込んだ友里子が喘ぎ、爆乳を揺らして身を重ねてきた。

星児も温もりと感触を味わいながら、両手でしがみつき、両膝を立てて豊満な尻を支えた。

これで中出しすれば、二日間で親子丼を完全に経験したことになる。

彼は友里子の顔を引き寄せ、かぐわしい吐息の洩れる口に迫った。

「唾を飲ませて、いっぱい……」

囁くと友里子もたっぷり口の中に唾液を溜め、唇を重ねてトロトロと口移しに注ぎ込んでくれた。

星児は生温かく小泡の多い唾液を味わい、うっとりと喉を潤しては、甘美な悦びで胸を満たした。そして充分に飲み込んで、白粉臭の吐息を胸いっぱいに嗅ぐと、友里子が彼の鼻先に爆乳を突き付けてきたのだ。

「乳首嚙んでみて、強く……」

囁いて含まされると、彼も前歯で乳首を挟み、恐る恐る嚙み締めてみた。

「アア、もっと強くよ、嚙み切る勢いで……」

友里子が喘いで言うので、いつしか彼も渾身の力で嚙み締めていた。

それでも容易に肌を食い破ることは出来ず、コメカミが痛くなってしまった。

そして痛みを感じながらも友里子は膣内の収縮と愛液を増やし、徐々に腰を動かしはじめていた。

「ああ、いいわ……」

彼女が言って乳首を引き離したので、見ると乳首に歯の食い込んだ痕があり、うっすらと血が滲んでいた。

「大丈夫？」

星児は思わず手を当てて、治るよう念じてみた。すると、間もなく歯の痕が消え去ったのである。

「力が宿ったようだわ。もう全然痛くないもの」

友里子が囁き、腰の動きを活発にさせてきた。

星児も、神秘の力を持った喜びとともにズンズンと股間を突き上げはじめ、たちまち二度目の絶頂を迫らせていった。

3

「ね、ほっぺ噛んで……」

高まりながら星児が甘えるように言うと、友里子も大きく口を開いて彼の頬に歯を立ててくれた。

どうせ治るのが分かっているので、彼女も最初からキュッと強い力で綺麗な歯並びを食い込ませ、星児も甘美な刺激の中で股間の突き上げを強めた。

大量の愛液が溢れて互いの股間がビショビショになり、彼の腰の下のシーツにまでジットリ沁み込んでいった。

「アア……、いい気持ちよ、いく……、ああーッ……！」

すると先に友里子の方が口を離して声を上ずらせ、ガクガクと狂おしいオルガスムスの痙攣を開始したのだった。

やはり膣の方が心地よく、初体験のアナルセックスも全てこの快感のための前戯のようなものだったのだろう。

収縮を強めた膣内に摩擦され、続いて星児も昇り詰めてしまった。

「い、いく……！」

二度目と思えない大きな絶頂の快感に口走るなり、彼はドクドクと勢いよく熱いザーメンを中にほとばしらせた。

「あう、いいわ、もっと……」

噴出を感じた友里子が駄目押しの快感に呻き、ペニスを飲み込むようにキュッキュッと膣内を締め付けた。

星児は心ゆくまで快感を嚙み締め、最後の一滴まで出し尽くしていった。

満足しながら徐々に突き上げを弱めていくと、彼女も熟れ肌の強ばりを解き、グッタリともたれかかってきた。

「アア、良かったわ、すごく……」

友里子も久々の快感だったようで、いつまでも膣内を収縮させ、刺激された彼も応えるようにピクンと過敏に幹を震わせた。

「あう、もう充分よ、暴れないで……」

彼女も敏感になっているように呻き、星児は美熟女の重みと温もりを味わい、熱い白粉臭の吐息を嗅ぎながら、うっとりと余韻に浸り込んでいった。

「すごいわ、手当てしなくても、もう歯形が消えてる……」

友里子が朦朧《もうろう》とした眼差しで囁き、彼の頬にキスしてくれた。

どうやら星児が宿した力は友里子以上で、手のひらなど当てなくても自然に治癒してしまうようだった。

(もしかして、不死身の体に……？)

彼は思ったが、その限界まで見極めるつもりはなかった。

やがて互いに呼吸を整えると、友里子がそろそろと股間を引き離して移動し、愛液とザーメンにまみれた亀頭にしゃぶり付いてくれた。

「く……」

星児はビクリと反応して呻いたが、されるまま身を投げ出していた。

すると友里子が念入りに舌を這わせ、ヌメリを全て吸い取ってくれた。

さらに軽くキュッと歯が立てられたが、

「あう、どうか、そこだけは……」

星児は呻いて言った。やはり治ると分かっても、急所だけは嚙まれたくないのだ。

「そうね、本当は食べてしまいたいのだけど」

友里子も口を離して言った。そして一人でシャワーを浴びに行ってしまい、彼は余韻の中でいつまでも横になっていたのだった。

4

「あら、これから訪ねる亜利沙《ありさ》さんだわ」

翌日の昼過ぎ、星児が三人目の人妻の家へ車で送ってもらっていると、麻衣が停車して言った。

火村《ひむら》亜利沙は二十三歳。引退したアスリートで、夫は武道家。亜利沙も空手の日本一になり、頂点を極めたので結婚引退したという。空手ばかりでなく、どんな種目でも抜群の身体能力でこなしていたようだ。

その運動神経と天才的な武術の技が、亜利沙の持つ能力である。

亜利沙は、麻衣が僅かに在籍した大学の武道講師だったようだ。異母姉妹の娘なので、亜利沙は麻衣を姪として親しくしているらしい。

どうやら亜利沙は、来客の前にコンビニに買い物に来ていたようだ。

ところが駐車場で、彼女はトラブルに巻き込まれていた。三人の不良っぽい男たちが、亜利沙の美貌に魅せられナンパしているようだった。

「通報した方がいいかな」

「亜利沙さんなら大丈夫よ」

周囲に人けもないので星児が心配して言うと、麻衣は安心しきってそう答え、見物していた。

「なあ、いいから来いよ。ドライブしてから夕食しよう」

「触るな、虫ケラめ」

一人が亜利沙の腕を摑もうとしたら、彼女が険しい表情で言い放った。

見た目はほっそりとしたスレンダーな短髪美女なので、二十歳前後の不良たちは彼女の秘めた強さが見えないのだろう。

「何だと、この女！」

「ああ、構わねえ、力ずくで車へ連れ込め」

不良たちが業《ごう》を煮やして言い、亜利沙を車に押し込もうとした。

しかし一瞬で、亜利沙の蹴りと手刀《しゅとう》が二人の男の股間と首根っこに炸裂していた。

「うぐ……」

「ぐええ……！」

二人が奇声を発してくずおれると、残る一人がナイフの刃を立てて素早く横から突きかかってきた。一瞬遅れた亜利沙は、腕に切っ先を受けながらも長い脚を上げて猛烈な踵落とし。

「ウッ……！」

脳天を蹴り落とされた男は白目を剥いて呻き、そのまま昏倒していった。

「亜利沙さん、乗って」

麻衣が声を掛けると、亜利沙も気づいて素早く後部シートに乗り込んできた。

すぐに車はスタートし、駐車場にはゴロゴロ転がった三人の不良が残っているだけで、幸い誰にも見られなかったようだ。

「腕を見せて下さい。僕は北川星児です」

「ええ、麻衣から聞いてるわ」

振り返って言うと、亜利沙も答えながら、恐る恐る左腕を差し出してきた。

見ると切っ先がかすめたか、前腕部に浅い傷があって血が滲んでいる。

星児は屈み込んで、傷口に舌を当てた。鉄分を含んだ血の味が舌を濡らし、亜利沙から漂う濃厚に甘ったるい汗の匂いに股間を疼かせてしまった。

「なんという不覚。刃物を出すなんて思いもしなかったので、油断があった」

亜利沙が眉をひそめて言い、星児はチロチロと舌で血を拭《ぬぐ》った。そして顔を上げて見ると、もう出血は止まり、浅い傷跡も消え失せていた。

「いいでしょう。もう大丈夫」

「不思議、傷が残っていない……」

亜利沙も腕を見て言い、何度か肘を屈伸させてみた。

「有難う。あ、そこでいいわ」

亜利沙が言い、麻衣もマンション前で車を停めた。

「麻衣、寄っていく？」

「いいえ。私は帰るので星児さんをよろしく」

麻衣が言い、亜利沙と星児は車を降りた。すると麻衣も二人に会釈し、すぐに走り去ってしまった。

「さあ、じゃ入りましょう」

亜利沙に促され、星児も一緒にマンションに入った。

もう亜利沙も、全て承知しているようだし、人に好かれる麻衣の力を宿した星児を一目で気に入ったようだ。

エレベーターで三階に上がり、亜利沙は鍵《かぎ》を開けてドアを開いた。

中に入ると、広いワンルームタイプで、奥にベッド、手前には夥《おびただ》しいトレーニング機器が置かれていた。

「ここは私のトレーニングルームで、住まいは別にあるの」

と亜利沙が言う。今日もここでトレーニングしていたが、間もなく麻衣や星児が来るので何か飲み物でも買いに出たらしい。結局買わずに戻ってしまったが、もちろん星児はすぐにも始めたかった。

夫は空手の道場主で、普段はその道場に隣接した母屋《おもや》に暮らしているようだが、亜利沙は学生時代から馴染んだこの部屋を、トレーニングルームとして継続して使っているらしい。

室内には亜利沙の体臭が濃厚に満ち、今も彼女の額は汗ばみ、Tシャツの腋もシミになっていた。

「で、麻衣に聞いたけど、エッチしただけで私の力が宿るって本気で思ってるの？」

亜利沙が笑みを含んで言う。最初から疑ってかかっているが、星児と一度セックスすることは嫌ではないらしい。

彼女は、父親が吾郎であることは知っているが会ったことはなく、母親はシングルマザーで亜利沙を育て、先年病死したらしい。

「ええ、過酷な練習を積んで強くなった人には申し訳ないけど、傷を治す力も宿りましたから、おそらくすぐに」

「そう、じゃ約束して。どんなふうにエッチしても構わないから、済んだら私と勝負して」

「分かりました」

言われて、星児も即答していた。さっきの壮絶な空手の技を目の当たりにしたばかりだが、すでに星児も、相手の力を吸収する能力を信じているのだった。

「いいわ、じゃベッドへ。汗臭いままで構わないのね」

「ええ、お願いします」

彼は答え、ベッドの方へ行って服を脱ぎはじめた。すでにペニスは雄々しく勃起している。

亜利沙も、生ぬるく濃厚に甘ったるい汗の匂いを漂わせながら、Tシャツとジーンズとソックスを脱ぎ、ブラを外して最後の一枚を脱ぎ去った。

星児も全裸になり、彼女の体臭の沁み付いたベッドに横になった。

近づく亜利沙を見ると、着衣からは想像も付かないほど全身が引き締まっていた。

肩と二の腕の筋肉が発達し、乳房はそれほど豊かではないが、腹筋が段々になり、太腿も荒縄でもよじり合わせたような筋肉の束が窺えた。

彼女もベッドに乗り、仰向けになって身を投げ出した。

「いいわ、好きなようにして」

亜利沙が言い、星児も甘い匂いに誘われるようにのしかかり、チュッと乳首に吸い付いて舌で転がした。

膨らみはこれまで体験した女性より小さいが、張りと弾力に満ち、彼が左右の乳首を交互に含んで舐め回しても、亜利沙はピクリとも反応せず、お手並み拝見といった感じでじっと彼の仕草を見つめていた。

もちろん反応がなくても萎えることはなく、星児は自身の欲望に夢中だった。

左右の乳首を味わってから彼女の腕を上げ、ジットリと生ぬるく湿った腋の下に鼻を埋め込むと、やはり濃厚に甘ったるい汗の匂いが籠もり、悩ましく鼻腔を刺激してきた。

星児は、アスリート美女の体臭で胸をいっぱいに満たし、引き締まった肌を舐め降りていった。

腹筋の浮かぶ腹に舌を這わせると、淡い汗の味がし、腰から逞《たくま》しい脚を舐め降りて大きく頑丈な足裏も舐め回した。

まだ亜利沙は呼吸ひとつ乱さない。

太くしっかりした指先にも鼻を割り込ませて嗅ぐと、蒸れた匂いが他の誰よりも濃く沁み付いていて、鼻腔を掻き回してきた。

星児はムレムレの匂いを充分に貪ってから爪先にしゃぶり付き、指の股に舌を潜り込ませ、生ぬるい汗と脂の湿り気を味わった。

ここでも亜利沙は反応せず、構わず彼は両足とも足指の味と匂いを貪り尽くして股を開かせた。

脚の内側を舐め上げ、硬いほど引き締まった内腿をたどって股間に迫ると、手入れしているのか丘に煙る恥毛はほんのひとつまみだった。

割れ目からはみ出す陰唇を指で左右に広げると、まず目を見張ったのが大きくツンと突き立ったクリトリスで、それは親指の先ほどもあり、まるで幼児の亀頭のようにツヤツヤと光沢を放っていた。

息づく膣口は僅かに潤いを帯びはじめ、彼は亜利沙の股間に顔を埋め、恥毛に鼻を擦りつけて嗅いだ。

やはり割れ目は腋の下以上に甘ったるい濃厚な汗の匂いが籠もり、オシッコの匂いも混じって鼻腔が刺激された。

舌を挿し入れ、膣口の襞をクチュクチュ掻き回し、ゆっくり大きめのクリトリスまで舐め上げていくと、

「アアッ……！」

初めて亜利沙が熱い喘ぎ声を洩らし、目を閉じて顔を仰け反らせると、内腿でムッチリときつく彼の両頰を挟み付けてきた。

どうやら男よりも強い亜利沙の力の源《みなもと》は、この大きなクリトリスであるような気がした。

星児は舌を這わせてから乳首のようにチュッとクリトリスに吸い付き、念入りに愛撫をした。

「ああ……、気持ちいい……」

亜利沙も、いったん声を洩らすと堰《せき》を切ったように喘ぎ、引き締まった下腹をヒク

ヒク波打たせて悶えはじめた。

愛液の量も格段に増し、淡い酸味のヌメリが彼の舌の動きを滑らかにさせた。

彼は充分に味と匂いを堪能し、亜利沙の反応にも満足しながら両脚を浮かせ、引き締まった尻の谷間に迫った。

谷間の蕾は、女丈夫のわりに可憐な薄桃色をしたおちょぼ口で、鼻を埋めて嗅ぐとやはり蒸れた匂いが籠もっていた。

顔中に密着して弾む双丘を味わいながら舌を這わせ、ヌルッと差し入れて滑らかな粘膜を探ったが、ここはあまり反応がなく、僅かに肛門で舌先が締め付けられただけだった。

やはりクリトリスしか感じないのかもしれない。

脚を下ろして再びクリトリスに吸い付くと、

「あう、そこ噛んで……」

亜利沙が息を詰めて口走った。どうやら過酷な練習に明け暮れていたから、ソフトな愛撫より強いぐらいの刺激が好みなのだろう。

星児も前歯でクリトリスを挟み、咀嚼《そしやく》するようにモグモグしながら吸引と舌の蠢きを続行した。

「い、いきそうよ……、待って……」

するると亜利沙が言って身を起こし、彼を股間から追い出してきた。

やはり挿入を望んでいるようで、星児も顔を引き離して仰向けになった。すると上になった亜利沙がピッタリと唇を重ね合わせ、ネットリと舌をからめてきたのだ。

星児は滑らかに蠢く舌を味わい、生温かな唾液をすすったが、何と彼女の吐息は全くの無臭で、少々物足りない気持ちになった。

格闘家は常にケアしているというから、常日頃から匂いが薄いのかもしれない。

やがて亜利沙が、移動してペニスに顔を寄せてきた。

粘液の滲む尿道口をチロチロと舐めてから、パクッと亀頭をくわえると、幹を両手で支えながら喉の奥までスッポリと呑み込んで吸い付いた。

口の中では満遍なく舌が蠢き、唇の締め付けと吸引も強いので、何やら牝獣が骨片でもかじっているかのようだ。

そして星児は、唇と舌だけではない異質な感触を怪訝《けげん》に思った。

亜利沙は嚙むようにモグモグしているのに、硬い歯が当たらず滑らかな感触に摩擦されているのである。

懸命にしゃぶり付いている亜利沙を見ると、手の中に何かを握りしめていた。

「見せて」

言って手を伸ばすと、彼女も濃厚なフェラチオを続けながら手渡してくれた。

見ると、それは何と唾液に濡れた義歯ではないか。上下六本ずつの作り物で、彼女はそれを素早く外してしゃぶり、歯茎でマッサージしてくれているのだった。

あとで聞くと、過酷な稽古中に前歯の上下を折ってしまい、近々インプラントにする予定だが、今はブリッジ式の義歯を仮に装着しているらしい。

義歯を嗅いでも特に匂いはない。それで掃除もしやすいので、彼女の吐息も無臭だったようだ。

星児はあらためて、前歯のないフェラチオを味わいながら、美女の義歯を舐め回して高まっていった。そして充分にペニスが唾液にまみれると、亜利沙が顔を上げた。

5

「返して」

亜利沙が言うので義歯を返すと、素早く装着して元の綺麗な歯並びに戻った。

「入れたいわ。跨いでいい？」

彼女が言い、星児も頷いて期待に幹を震わせた。

亜利沙は、また牝獣のように四足で前進して跨がり、幹に指を添えて先端に割れ目を押し付けてきた。位置を定めて腰を沈めると、彼自身はヌルヌルッと滑らかに根元まで呑み込まれていった。

「アア……、いい……」

亜利沙が顔を上向けて喘ぎ、ピッタリと股間を密着させキュッと締め上げた。

星児も心地よい温もりと感触を味わいながら高まり、両手を伸ばすと彼女も身を重ねてきた。

胸に乳房が押し付けられ、彼が両膝を立てて尻を支えると、すぐにも亜利沙が腰を動かしはじめた。彼の付け根の上にコリコリとクリトリスが押し付けられ、さらに恥骨の膨らみも痛いほど強く擦られた。

下から唇を求めると、彼女もピッタリと重ね、また念入りに舌をからめてくれた。

「いっぱい唾を垂らして……」

囁くと、亜利沙もトロトロと生温かな唾液を口移しに注いでくれた。

さっき愛液を舐めたときにも感じたが、唾液を味わって喉を潤すと、彼女の絶大なパワーが胸に沁み込んでくるようだ。

さらに彼女の口に鼻を押し込んで嗅いだが、やはりほのかな唾液の香りが感じられるだけだ。

「匂いがなくて物足りない」

「濃い匂いの方が好きなの？　じゃ、これは？」

星児がそう囁くと亜利沙が答え、何度か空気を呑み込むなり、ケフッと軽いおくびを洩らしてくれた。鼻を押し付けて嗅ぐと、ほんのり生臭い匂いに混じり、昼食の名残か淡いガーリック臭が悩ましく鼻腔を刺激してきた。

「ああ、いきそう……」

興奮に喘ぎながら激しい突き上げを開始すると、

「変態ね……、あう……！」

亜利沙も熱く呻き、収縮を強めながら合わせて腰を遣《つか》った。粗相《そそう》したように大量の愛液が溢れて互いの股間を生温かく濡らし、ピチャクチャと淫らに湿った摩擦音が聞こえてきた。

下からしがみつきながらリズミカルに股間を突き上げるうち、とうとう摩擦快感に彼は昇り詰めてしまった。

「い、いく……！」

絶頂に達して口走り、ありったけの熱いザーメンをドクンドクンと注入すると、

「き、気持ちいい……、アアーッ……！」

噴出を受けた亜利沙も、同時に声を洩らしてオルガスムスに達してしまい、ガクガクと狂おしい痙攣を繰り返した。

彼は快感を嚙み締め、心置きなく最後の一滴まで出し尽くしていった。

「ああ……、すごい……」

亜利沙は何度も快楽の波が押し寄せるように身悶えて言い、彼も満足しながら徐々に突き上げを弱めていった。

すると彼女も強ばりを解き、グッタリともたれかかって体重を預けてきた。

「こ、こんなに感じたの初めて……」

亜利沙が荒い息遣いで言い、名残惜しげに何度もキュッキュッと締め上げた。

星児も重みを感じながら息づく膣内でヒクヒク幹を跳ね上げ、匂いは淡いが熱く湿り気ある吐息で、うっとりと鼻腔を満たしながら余韻を味わった。

やがて二人で重なったまま呼吸を整えると、亜利沙がそろそろと股間を引き離して身を起こした。

「どう、私の力は宿った？」

「ええ、もう亜利沙さんに負ける気がしません」

聞かれて、星児も正直に答えた。実際、身の内に力が漲《みなぎ》り、亜利沙が本気になっても恐くない気がしていた。それに彼は、相手の力以上のものを身に付けてしまう性質があるようだ。

「じゃ勝負しましょう。手加減しないから、私が勝ったら週に一回ここへ来て掃除するのよ」

「分かりました。じゃ僕が勝ったら、歯のないお口に出してみたい」

「いいわ、いっぱい飲んであげるから」

亜利沙が言ってベッドを降りたので、星児も起き上がった。

部屋には戦えるだけのスペースがあり、亜利沙は全裸のままスックと立って気を高める息吹を繰り返した。

全裸のまま戦うのも乙《おつ》なもので、星児も何度か手足を屈伸させて気を引き締めた。

「拳による顔への打撃は無しだけど、蹴りは全て有りで」

「はい、どのようにでも」

星児が平然と答えると、亜利沙は濃い眉を吊り上げて対峙した。右足を前にし、左の拳は腰に、正面に右の手刀を構えた。

もう快感の余韻も、肌を重ねた相手という意識も消え失せたようだ。

さすがに迫力があったが、彼は怯《ひる》まなかった。

星児が無意識に同じ構えを取ると、亜利沙は警戒もせず、遠慮なく間合いを詰めてきた。

星児の体つきから見て、大したパワーがあるとは思えないし、恐らく勝負は一瞬で決まると思っているのだろう。亜利沙は、手加減した水月《すいげつ》への正拳《せいけん》か蹴りで、彼がひとたまりもなく昏倒する様子が見えているようだった。

だからフェイントもなく、いきなり左の正拳を彼の水月に繰り出してきた。

だがそれが当たる前に、星児の素早い蹴りが亜利沙の左太腿に炸裂していた。素肌だからパーンと激しい音がし、

「あッ……！」

亜利沙が声を上げて膝を突いた。

「ご、ごめんなさい。強すぎましたか」

星児が慌てて駆け寄って言い、抱き起こそうとすると、

「まだだ！」

その手を振り払って言い、亜利沙は懸命に立ち上がって身構えた。

星児も一歩下がって構えたが、彼女のダメージは相当なもののようで顔を歪めている。もっとも済んだあと手当てすれば、一瞬で痛みは引くだろう。

そして星児自身、自分の素早く鋭い蹴りに驚き、一方で足の甲に感じた美女の太腿の弾力が心地よかった。

相手の動きも、まるでスローモーションのようにゆっくり見えるし、それ以上の速さで動けるのも分かったから、今度は星児の方から間合いを詰めていった。

実際、早く終えて口内発射したいのである。

彼が右の手刀を前にして迫ると亜利沙が、また蹴りを警戒して僅かに下がったのでそのレバーに左フック。

「う……！」

亜利沙は呻き、右脇腹を押さえてうずくまった。

「もういいでしょう。さあ手当てしますので」

星児は近づいて言い、まずは彼女の赤く腫れ上がっている左太腿に手を当て、さらに右脇腹の痣《あざ》にも手当てを施した。

「ああ……、もう痛くないわ……、なんて不思議……」

夢から覚めたように亜利沙が顔を上げて言い、もうその眼差しから闘志は消え去っていた。

「うちの旦那より強いかもしれない。その身体で、信じられないわ……」

亜利沙がまじまじと星児の顔を見つめて言い、ノロノロと立ち上がってベッドへと戻った。

「済みません。苦労して得た力を一瞬でもらってしまって」

「ううん、私以上の技だわ……」

彼女はすっかり毒気を抜かれたように答え、やがて星児もベッドに仰向けになった。期待に、すでにペニスはムクムクと雄々しく回復している。

「約束だわ。お口でしてあげる」

亜利沙が彼の股間に腹這って言い、手早く上下の義歯を外して手に握った。

「先に、ここも舐めて」

星児は言って自ら両脚を浮かせ、彼女の鼻先に尻を突き出し、手で谷間を広げた。

すると亜利沙も厭《いと》わず舌を這わせ、チロチロと肛門を舐めて濡らし、ヌルッと潜り込ませてくれた。

「あう、気持ちいい……」

彼はモグモグと肛門で美女の舌先を締め付けて呻き、陰嚢に熱い鼻息を受けながらゾクゾクと高まった。

中で舌が蠢くと、勃起したペニスが上下して先端から粘液が滲んだ。

やがて脚を下ろすと、亜利沙も舌を引き離して鼻先の陰嚢を舐め、熱い息を籠もらせながら睾丸を転がしてくれた。

せがむように幹をヒクつかせると、いよいよ亜利沙も前進して粘液の滲む尿道口を舐め、まだザーメンと愛液の湿り気を残している亀頭にしゃぶりついた。

そのままスッポリと喉の奥まで呑み込んで幹を締め付けて吸い、クチュクチュと舌をからませて生温かな唾液にまみれさせた。

普通の人生ならば、運動音痴の自分のペニスを、超一流のアスリートがしゃぶるなど有り得なかったことである。本来なら亜利沙のようなスターには、オリンピック級のスポーツマンでなければ相手にされなかったことだろう。

だからペニスへの快感以上に、星児は感激と誇らしさに満たされた。

彼がズンズンと小刻みに股間を突き上げると、

「ンン……」

亜利沙も熱く鼻を鳴らして呻き、顔を上下させスポスポと強烈な摩擦を繰り返してくれた。

唾液に濡れた唇と滑らかに蠢く舌に加え、歯茎によるリズミカルなマッサージも与えられて彼は急激に高まっていった。

「い、いく……、ああ、気持ちいい……！」

彼はたちまち昇り詰め、大きな快感に口走った。

同時に、ありったけの熱いザーメンがドクンドクンと勢いよくほとばしり、美女の喉の奥を直撃した。

「ク……」

亜利沙が噴出を受け止めて熱く鼻を鳴らし、なおも吸引と舌の蠢き、唇と歯茎の摩擦を続行してくれた。

挿入射精は男女対等な気がするが、一方的に愛撫を受けて、美女の口に出すのは選ばれたものだけに許された快感に思えた。

星児は股間を突き上げ、心ゆくまで快感を貪りながら、最後の一滴まで絞り尽くしていった。

出しきってグッタリと四肢を投げ出すと、亜利沙も愛撫をやめ、亀頭を含んだまま口に溜まったザーメンをゴクリと一息に飲み干してくれた。

「あう……」

嚥下《えんげ》とともに口腔がキュッと締まり、彼は駄目押しの快感に呻いた。

ようやく亜利沙が口を離したが、その後も指で幹をしごき、滲む余りの雫までチロチロと丁寧に舐め取ってくれた。

「も、もういいです、どうも有難う……」

星児がクネクネと過敏に腰をくねらせて言うと、やっと亜利沙も舌を引っ込め、手早く義歯を装着して顔を上げた。

彼は亜利沙の手を引いて添い寝させ、腕枕してもらいながら荒い呼吸を繰り返し、うっとりと余韻を味わったのだった。

「飲んだら、私にも力が湧くと良いのだけど……」

亜利沙は星児を優しく胸に抱いてくれながら言い、まだ不思議そうに、華奢《きゃしゃ》な彼の肩や腕を撫で回したのだった……。

第三章　羞じらい美人妻の母乳

1

「初めまして。北川星児です」

「ええ、麻衣ちゃんから伺っているわ。どうぞ」

翌日の昼過ぎ、星児が麻衣から教えられた片瀬海岸の住宅街にある一軒家を訪ねると、すぐに主婦が出てきて迎え入れてくれた。

水沢初枝《みずさわはつえ》、二十八歳で丸顔のぽっちゃりした人妻である。髪をアップにして平凡な身なりで、ごく普通の人妻といった感じだった。

今日は麻衣が送ってくれなかったので、家に入れてくれるかどうか少し不安だったが、何と初枝の能力はテレパス、相手の心が読めるというものだったのである。

そんな力が実際にあるのかどうか眉唾ものだったが、あるいは初枝自身、平凡な暮らしの中で自身の能力に気づいていないのかもしれない。

夫は海外赴任中の商社マンで、アフリカの開発事業団に参加しており、家を留守にしてもう三ヶ月になるということだった。

初枝も、たまには姪である麻衣と会うこともあるようだが、やはり亜利沙と同じく近くなのに吾郎とは会っていないらしい。母親は、吾郎の子である初枝を生み、工員の夫は子持ちと承知で結婚したようだ。

いま両親は、後から生まれた長男と三人で地方に住み、この家もそれほど大きくはなく、ごく中流の二階屋である。

ということは、やはり初枝は自身の能力を発揮して儲けるようなことはしてこなかったようだ。

「ちょっと仕事が残っているので手伝って下さる?」

初枝が言い、星児も甘ったるい匂いを感じながら従って廊下を奥へ進んだ。

すると彼女は、布団の敷かれた部屋に彼を招いたのだった。

入ると六畳の和室に布団と、ベビーベッドがあって赤ん坊が眠っている。

さらに部屋には、短い三脚にセットされたＤＶＤカメラが置かれていた。

「実は、主人からの手紙で、どうしても私の画像を送って欲しいと言われて」

「そうですか、何でもお手伝いしますよ」

星児が答えると、初枝は夫からの手紙を開いて内容を確認し、いきなり服を脱ぎはじめたのだった。

「主人は、私の裸を映したＤＶＤを送れと言うんです。遊ぶ場所もない未開発の土地だから、浮気の心配がないのはいいのだけど、どうしても私の身体を見て自分で慰めたいって」

脱ぎながら初枝が言う。

確かに、新婚一年半で一年間のアフリカ行きを命じられ、まして子が生まれた直後だから、夫は後ろ髪を引かれながら赴任したのだろう。女っ気のない土地なら、妻の淫らな姿を見たくなる気持ちも分かるようだった。

「ちゃんと撮れているかどうか確認して下さい。でも声や物音は立てないでね」

「分かりました」

星児は興奮を高めて勃起しながら、まずは自分も全て脱ぎ去ってしまった。

「どんなふうにしたら良いかアドバイスして」

たちまち一糸まとわぬ姿になりながら、初枝が布団に身を横たえて言う。

すでに彼女は、赤ん坊や着衣の自分を撮り、夫への言葉による真面目なメッセージなどは録画を済ませたようだった。

あとは、手紙で要求された淫らな肢体だけである。

「とにかく、レンズをしっかり見つめて語りかけながら身体を見せるのが良いと思いますよ」

「ええ、そうするわ。じゃスイッチを入れたら、あとは黙ってね」

彼が言うと初枝は答え、チラと勃起した彼の股間を見て興奮を高めたように頬を染めた。

「赤ちゃんは、しばらく目を覚まさないわ。私は、この子の気持ちが分かるんです。おなかが空いたとか、オシメが濡れたとか、全部伝わってくるので、いつも機嫌良くて、一度眠れば起きないので」

初枝が、白く豊満な熟れ肌を息づかせて言う。

やはり彼女は自分のテレパシー能力を知らず、単に母性本能が研ぎ澄まされている程度に思っているだけのようだ。

ただ、なぜか吾郎や麻衣は、その秘められた力を知っているのである。

「じゃ録画を開始しますよ」

星児は言ってカメラの位置を定め、録画スイッチを入れた。

すると初枝がレンズに熱い視線を向け、ためらいなく自ら豊かな乳房を揉みしだきはじめた。

「あなた、見て。早く触って欲しいの」

人妻が芝居っ気たっぷりに語りかけはじめ、艶めかしい仕草で乳首をつまんだ。

それまで平凡な顔立ちに思えていた初枝が、急に色っぽく妖艶に感じられて星児は思わず目を見張った。

平凡な主婦などとんでもない。実に魅惑的な美人妻ではないか。

もちろん息遣いを荒くするわけにいかず、ただしっかり映っているか、モニターを確認するだけである。

そして驚きはもう一つあった。濃く色づいた乳首に白濁の雫が浮かび、ツツーッと豊乳の丸みを伝い流れたではないか。

最初に会ったとき彼女から感じた甘ったるい匂いは、汗や体臭ではなく母乳の匂いだったようだ。

「さあ、私のお乳を吸って。そうしたら、私もあなたをしゃぶってあげる」

初枝は言って乳房を揉み、やがてレンズの前まで近づき、色っぽい肉厚の唇を迫らせ、ヌラヌラと舌なめずりしたではないか。

夫からの手紙に、そのような要求が書いてあるのだろう。初枝は羞恥を堪えながら懸命にその願いを叶えようとしていた。

「ここも見て。恥ずかしいけれど、全部あなたのものよ……」

初枝は言いながらレンズの前に仰向けになり、大胆にも大股開きになって股間を晒《さら》した。

モニターを確認すると、修正の必要もないほど実にアップで上手く納まっている。もっとも修正するなら一度スイッチを切らなければならないが、初枝も巧みにレンズに股間を向け、まるで直に夫に見られているように、羞恥にヒクヒクと下腹を波打たせていた。

「アア、ここを舐めて……、恥ずかしいわ……」

初枝は自ら指で陰唇を左右に広げ、息づく膣口からピンクの肛門までアップで見せつけた。

モニターを見ると、恥毛は情熱的に濃く茂り、ピンクの割れ目内部は大量の愛液にヌメヌメと潤っていた。

光沢あるクリトリスもツンと突き立ち、子を生んだ膣口も妖しく収縮し、出産で息んだ名残か、肛門はレモンの先のように艶めかしく突き出た形だった。

膣口からは、母乳のように白濁した粘液が滲んでいた。

星児は、モニターと生身の両方を見ながら、音を立てないように生唾を飲み、こんな映像を夫が見たらあっという間に果ててしまうだろうと思った。

そして初枝は、レンズの前でクリトリスを擦り、熱く喘ぎはじめたのである。

「アア……、いきそうよ。ここへ、あなたのものを早く入れてほしいわ」

声が上ずり、激しい指の動きに合わせてクチュクチュと淫らな音が響いた。

膣口が息づいて愛液の量が増し、さらに彼女は指で乳首をつまみ、母乳を滲ませながらガクガクと痙攣しはじめた。

「オ……、オマ×コが気持ちいいわ、いく……、アアーッ……！」

淫らな言葉を口走り、そのまま彼女はオルガスムスに達してしまったようだ。

声が響いても、赤ん坊はまるで彼女と心が通じているように目を覚ますこともなく安らかに眠り続けている。

初枝は仰け反って硬直し、あとはヒクヒクと震えるばかりだった。

（す、すごい……）

初対面の主婦が、オナニーで絶頂に達するのを目の当たりにし、星児は激しい興奮に見舞われた。

「アア……」

力尽きた初枝が声を洩らし、あとはトロトロと白っぽい愛液が漏れてくるばかりとなった。そして荒い呼吸を整えると、彼女はそろそろと移動してカメラのスイッチを切ってきたのだった。

「よ、良く撮れていますよ。あとで確認するといいです……」

「そう、あなたも我慢出来なくなっているのね。来ていいわ……」

星児が言うと、初枝が布団に戻っていった。これは、テレパスでなくても彼の気持ちは伝わっていることだろう。

星児は、完全に録画が終わったことを確認してから布団に迫った。

そして添い寝し、甘えるように腕枕してもらいながら、母乳の滲む乳首に吸い付いていった。

「ああ、飲みたいの。いい子ね……」

初枝が優しく抱いてくれ、彼の髪を撫でてくれた。星児も濃厚に甘ったるい匂いに包まれながら、強く吸うと生ぬるく薄甘い母乳が舌を濡らしてきた。

吸い付くうちに要領が分かると分泌が多くなり、さらに初枝も巨乳を揉みしだいて、母乳の出を良くしてくれた。

星児は甘ったるい匂いに満たされながら喉を潤し、やや出が悪くなると膨らみの張りが心なしか和《やわ》らぎ、彼はもう片方の乳首に吸い付いていった。

そして新鮮な母乳を飲み込み、さらに腋の下にも鼻を埋めると、そこには色っぽい腋毛が煙っていた。

彼は興奮を高めながら鼻を擦りつけ、生ぬるく甘ったるい汗の匂いで鼻腔を満たしながら、やがて白い熟れ肌を舐め降りていったのだった。

2

「アア……、そんなところまで舐めてくれるの……？」

星児が豊満な腰から脚を舐め降り、足裏にまで舌を這わせると初枝がクネクネと身悶えて喘いだ。

何をしても拒む様子はなく、今のオナニーですっかり下地が出来上がっているのだろう。そして夫への貞操なども、すでに吹き飛んでいるようだった。

指の股に鼻を埋め込んで嗅ぐと、やはり汗と脂に湿り、濃厚に蒸れた匂いが沁み付いて鼻腔が刺激された。

星児は美人妻の足の匂いを貪り、爪先にしゃぶり付いて指の間に舌を割り込ませていった。

「あう……！　ダメ……」

初枝はビクリと反応して呻いたが、拒みはしなかった。あるいは無意識に彼の心根を読み取り、本心から望んでいるのが分かったか、それとも感応して彼の悦びが伝わったのかもしれない。

彼は両足とも味と匂いを堪能し尽くし、初枝を大股開きにさせて脚の内側を舐め上げていった。

白くムッチリと量感ある内腿をたどって股間に迫ると、熱気と湿り気が顔中を包み込み、モニター越しに見ていた、見慣れた割れ目が息づいていた。

丘には黒々と艶のある茂みが密集し、はみ出した陰唇がヌメヌメと潤い、指で広げると膣口には母乳に似た白濁の粘液が滲んでいた。

堪らずに顔を埋め込み、茂みに鼻を擦りつけながら舌を挿し入れ、淡い酸味のヌメリを掻き回すと、

「アアッ……！」

初枝が激しく仰け反って喘ぎ、離すまいとするかのように内腿でキュッときつく彼の顔を挟み付けてきた。

恥毛の隅々には、濃厚に蒸れた汗とオシッコの匂い、それに大量の愛液による生臭い成分も混じって悩ましく鼻腔を刺激してきた。

星児は濃い体臭に噎せ返りながら胸を満たし、淡い酸味のヌメリを貪り、膣口からクリトリスまで舐め上げていった。

「ああ、いい気持ち……！」

初枝が内腿に力を込めて喘いだ。さっきレンズの前で望んでいたことをされ、いっそう快感が高まったようだ。

彼はチロチロと執拗に舌先でクリトリスを弾いては、溢れる愛液を味わうと、何やら初枝の秘めた能力が徐々に身の内に宿って、彼女の興奮の高まりが伝わってくるようだった。

さらに初枝の両脚を浮かせて尻に迫った。レモンの先のように僅かに突き出た蕾に鼻を埋めて嗅ぎ、顔中に密着する双丘を味わうと、蒸れた匂いが秘めやかに籠もって鼻腔を掻き回してきた。

舌を這わせ、ヌルッと潜り込ませると、滑らかな粘膜からは淡く甘苦い味覚が微妙に感じられた。

舌を出し入れさせるように蠢かすと、

「あう……、変な気持ち……」

初枝が爪先同様、初めて舐めてもらったように呻き、モグモグと肛門で舌先を締め付けてきた。

やはり一般の夫婦は、いや普通の男というものは、女性の足指や肛門を舐めないのだろうかと星児は不思議な気持ちに包まれたものだった。

充分に味わってから舌を離すと、彼は左手の人差し指を肛門に押し当て、唾液のヌメリでそろそろと潜り込ませていった。

さらに右手の人差し指も濡れた膣口に当てて差し入れると、

「そ、そこは二本入れて……」

初枝がせがみ、もう完全に自身の欲望にも正直になっていた。それだけ、二人の淫気が通じ合ってきたのだろう。

星児はいったん引き抜いて、膣口には二本の指を押し込み、前後の穴の内壁を小刻みに擦った。さらに再びクリトリスに吸い付くと、

「アア……、いいわ、すごく……。すぐいきそうよ……」

初枝が、それぞれの穴できつく指を締め付けながら喘いだ。

彼は肛門に入った指を出し入れさせ、膣内の二本の指で内壁を摩擦し、天井のGスポットも圧迫しながらクリトリスを舐め回した。

愛液は粗相したように大量に溢れ、下のシーツにまで沁み込んでいった。

「も、もうダメ……、お願い、待って……！」

初枝が切羽詰まった声で言い、半身を起こしてきた。

やはり、さっき自分の指で果てたばかりだし、ここで舌と指で絶頂に達してしまうのが惜しいのだろう。

星児も舌を引っ込め、前後の穴からヌルッと指を引き抜いた。

「あう」

刺激に、初枝がビクリと身を震わせて呻いた。

膣内にあった二本の指の間には愛液が膜を張り、指の腹は湯上がりのようにふやけてシワになり、淫らに湯気さえ立てていた。肛門に入っていた指に汚れはなく、爪にも曇りはないが生々しい微香が感じられた。

やがて彼が仰向けになると、初枝が彼の望みを察したように身を起こした。

「こうしてほしいのね」

彼女は言って股間に陣取り、星児の両脚を浮かせて尻の谷間を舐めてくれた。

チロチロと舌が這い回り、ヌルッと潜り込むと、

「ああ、気持ちいい……」

受け身に転じた星児は喘ぎ、キュッと肛門で美人妻の舌先を締め付けた。

初枝も、自分がされたように舌を蠢かせて熱い息を弾ませ、やがて脚を下ろすと陰嚢にしゃぶり付き、念入りに二つの睾丸を転がしてくれた。

そして彼がせがむように幹をヒクつかせると、初枝も前進して肉棒の裏側を舐め上げ、粘液の滲む尿道口を舐め回してきた。

「ああ、若い子のペニスね……」

初枝が味わいながら言い、張り詰めた亀頭を含むとスッポリ喉の奥まで呑み込んでいった。

温かく濡れた口腔に根元まで含まれ、彼は幹を震わせて快感を味わった。

彼女も幹を締め付けて吸い、熱い鼻息で恥毛をくすぐりながらクチュクチュと舌をからめ、さらに顔を小刻みに上下させ、リズミカルにスポスポと強烈な摩擦を繰り返しはじめた。

そして彼が絶頂を迫らせると、それを察してすかさずスポンと口を離し、顔を上げ

て前進してきた。

「下が好きなのね。いいわ、上はあまり慣れていないけど……」

初枝は言って彼の股間に跨がり、先端に割れ目を押し付けた。

テレパスというのは実に便利で、言わなくても願うだけで通じてしまうのだった。

位置を定めると彼女は息を詰め、ゆっくり腰を沈み込ませ、ヌルヌルッと滑らかに彼自身を膣内に呑み込んでいった。

「アアッ……、いい気持ち……」

初枝が顔を仰け反らせて喘ぎ、座り込んで密着した股間をグリグリと擦り付けてきた。星児も肉襞の摩擦と締め付け、温もりと大量の潤いに包まれながら快感を嚙み締めた。

出産したばかりでも締まりは充分にキュッときつく、彼は両手を伸ばして初枝を抱き寄せた。

「またお乳が欲しいのね。いいわ」

星児が心の中で思うと、初枝は身を重ねながら言って胸を突き出してきた。そして自ら両の乳首をつまみ、母乳を搾り出してくれたのだ。

ポタポタ滴る生ぬるい母乳を舌に受けると、さらに無数の乳腺から霧状になったものが顔中に降りかかり、彼は甘ったるい匂いに包まれた。

味わいながら左右の乳首を吸い、顔中で柔らかく豊かな膨らみを感じた。

「まあ、唾も欲しいの？　おかしな子ね……」

乳首から指を離した初枝が、彼の願望を読み取って言うなり、口に唾液を溜め、肉厚の色っぽい唇をすぼめて迫った。

舌を伸ばして待つと、初枝は白っぽく小泡の多い唾液をトロトロと吐き出してくれた。彼は味わい、うっとりと喉を潤しながら甘美な悦びに満たされた。

「そう、麻衣ちゃんと友里子さんの母娘ともしちゃったのね。その他にも色々。本当にいけない子だわ……」

徐々に腰を動かしながら初枝が言い、上からピッタリと唇を重ねてきた。

舌がからみつき、彼が望んでいるのでなおも大量の唾液を注ぎながら彼女は収縮を強めていった。

星児も下から両手でしがみつき、両膝を立てて尻の蠢きを支えながらズンズンと股間を突き上げはじめた。

「ああ、いい気持ち……」

初枝が口を離して喘ぎ、動きを一致させるとピチャクチャと淫らな摩擦音が響いてきた。

彼女の吐き出す息は花粉のような甘い刺激に、昼食の名残のオニオン臭が混じり、悩ましく鼻腔を刺激してきた。ケアしていないことが、かえってリアルな主婦といった感じで、彼はゾクゾクと絶頂を迫らせていった。

3

「まあ、こんな匂いに感じるの？　お昼のあと歯磨きしていないのに」

星児の心根を読んで、初枝が羞恥に息を弾ませて言った。実際、膣内で歓喜に震える幹の蠢きばかりでなく、吐息の刺激に彼が悦んでいることは充分に伝わっているようで、そのまま彼女も律動を続けた。

「い、いきそうよ……、まだ我慢して……」

やがて初枝が収縮と愛液の量を増しながら息を震わせ、彼の高まりを計りながら言った。星児も彼女の高まりが分かってきたから、暴発を堪えながら懸命に股間を突き上げた。

初枝も絶頂を待ちながら腰を遣い、彼の顔中に舌を這わせながら激しく股間を擦り付けてきた。

「い、いく……、来て……、すごいわ、アアーッ……！」

たちまちオルガスムスの波が押し寄せ、初枝が口走ると同時に、星児も絶頂の快感に全身を貫かれていた。

「く……！」

快感に呻きながら、熱い大量のザーメンをドクンドクンと勢いよく注入すると、

「あう、もっと……！」

噴出を感じた初枝が呻き、ガクガクと狂おしく全身を痙攣させた。

潮《しお》でも噴いたように股間がビショビショになり、星児も心ゆくまで快感を味わい、最後の一滴まで出し尽くしていった。

すっかり満足しながら突き上げを弱めていくと、

「ああ……」

初枝も満足げに声を洩らし、肌の硬直を解いてグッタリともたれかかってきた。

星児は彼女の重みと温もりを受け止め、まだ名残惜しげに息づく膣内でヒクヒクと過敏に幹を跳ね上げた。

「あう、もう堪忍《かんにん》して……」

初枝も敏感になって呻き、星児は悩ましい吐息を間近に嗅いで胸を満たしながら、うっとりと快感の余韻に浸り込んでいったのだった。

ようやく互いに動きを止め、重なったまま荒い呼吸を繰り返していたが、初枝が彼の心を読んでそろそろと身を起こしていった。

「じゃシャワーを浴びましょう」

股間を離して言い、星児も立ち上がって一緒に部屋を出た。まだ赤ん坊は目を覚まさず、安らかに眠っているだけだ。

バスルームに行くと、初枝がシャワーの湯を出して互いの股間を洗った。

「まあ、そんなもの飲んでみたいの……？」

すると初枝が察して言い、星児が床に座り込むと、立ち上がって股間を突き付けてくれた。

いちいち言わなくても、彼女は自ら片方の足を浮かせてバスタブのふちに置き、壁に手を突いてフラつく身体を支えた。彼も股間に鼻と口を埋めたが、濃厚だった匂いは薄れてしまっていた。

「本当に出していいのね……」

初枝は下腹に力を入れ、尿意を高めながら言った。

返事の必要もないので星児は舌を這わせ、新たに溢れてくる愛液をすすった。

やがて彼女の割れ目内部が妖しく蠢き、見る見る味わいと温もりが変化すると、

「あう、出る……」

言うなりチョロチョロと熱い流れがほとばしってきた。

星児は舌に受け、やや濃い味わいと匂いに包まれながら喉に流し込んだ。

「アア……、変な気持ち……」

初枝は喘ぎながら言い、勢いを増して注ぎ続けた。溢れた分が肌を濡らし、すっかりピンピンに回復したペニスが温かく浸された。

間もなく流れが治まると、彼は残り香の中で余りの雫をすすり、割れ目内部を舐め回した。

「も、もうダメ、感じすぎるわ……」

初枝が言って脚を下ろし、椅子に座り込んでもう一度互いの全身にシャワーの湯を浴びせた。

そして立ち上がって身体を拭き、また二人は部屋の布団に戻っていった。

「そろそろ目を覚ますわ。もう一度したいでしょうけど、私はもう充分だわ」

初枝が言いながら、彼を布団に仰向けにさせた。

「お口でいいわね？　私もいっぱいミルク飲んでもらったのだから、今度は私が」

そう言い、屈み込んでパクッと亀頭にしゃぶり付いてきた。

星児も身を投げ出し、快感の高まりに身を任せた。

スッポリと根元まで呑み込むと、彼女はネットリと舌をからめながら唇で摩擦しはじめてくれた。

「ああ……、気持ちいい……」

星児は快感に喘ぎ、股間に熱い息を受けながら高まっていった。そして彼もズンズンと股間を突き上げると、たちまち二度目の絶頂を迎えてしまった。

「い、いく……！」

言わなくても分かっているだろうが、思わず口走りながら、彼はありったけの熱いザーメンをほとばしらせ、初枝の喉の奥を直撃した。

「ク……、ンン……」

噴出を受けながら小さく鼻を鳴らし、なおも初枝は強烈な摩擦と吸引を続行してくれた。そして彼は心置きなく最後の一滴まで出し尽くし、満足しながらグッタリと身を投げ出した。

初枝も動きを止めて、口の中に満ちたザーメンをゴクリと飲み込んだ。

このザーメンが吸収され、やがて母乳になっていくのかもしれない。

ようやく口を離すと、初枝は幹を握ってしごきながら、尿道口から滲む余りの雫まで丁寧に舐め取ってくれたのだった。

「あうう、もういいです……」

腰をよじりながら言い、過敏に幹を震わせると、コトが済むのを待っていたかのように眠っていた赤ん坊がむずがりだしたのだった……。

4

（これで、ずいぶん多くの力を得てしまったんだな……）

初枝の家を出て歩きながら、星児は思った。確かに、身の内に漲る力は今までとは全く違う強いものであった。

人に好かれ、人の能力を吸収する力。そして、傷や痛みを消す力。さらに抜群の運動神経と天才的な格闘技の才能に、相手の心を読み取る力だ。

これだけでも、すでに遥かに常人を超えているのだ。

この上、残る三人の人妻たちは、どんな能力を持っているのだろうか。

と、そこへ麻衣の母親、友里子からラインが入った。

星児も、それぞれの人妻と一期一会ではあまりに惜しいので、常に全員とライン交換をしていたのである。

スマホを見てみると、今夜は夫が夜勤なので、これから一緒に夕食はどうかと言ってきた。

星児も、アパートへ戻って一人で食事し、明日に備えてオナニーを我慢して寝ることに飽きていたから、すぐにも快諾の返事をしておいた。

今夜友里子としても、何しろ亜利沙にもらった体力があるから、明日のセックスに支障はないだろう。

まあ、そんな力がなくても、淫気満々の若い肉体は何度でも出来るのだ。

それに初対面の人とばかり連日会って緊張していたので、ここらで小休止し、すでに知っている人妻と会うのも良いものである。

それに友里子は、何といっても可憐な麻衣の母親で最年長、天女のように優しく包み込んでくれる、四十を目前にした美熟女だ。

そう決めると、星児は友里子の家まで歩くことにした。

今までは体力に自信がなかったが、今は亜利沙の絶大な力を得て、少しでも体を動かしたい衝動に駆られていたのである。

そして住宅街の裏路地に入ると、二台の大型バイクが爆音を立てて傍らを通過したので、星児は眉をひそめた。

すると少し先で二台が停車し、男たちが降りてきたではないか。一台は二人乗りだったので、全部で三人の厳《いか》つい不良たちである。

「おい、お前、いま顔をしかめたな。何か文句あるのか」

大柄な一人が詰め寄って言い、星児は一目で男の年齢から悪事の過去、学校での悪い成績や格闘技の経験などを見抜いていた。十八歳で、少々ボクシングをかじり、高校を中退するまでは札付きのワルだったらしい。

「狭い道で飛ばすな。童貞」

星児は笑みを含んで答えた。奴がまだ女を知らないことも見抜いたのだ。確かに低能で顔が悪いから、誰も女性は相手にしなかったのだろう。

「なにい、てめえ、やるのか」

男は怒気を漲らせ、貧困なボキャブラリーで言ったが、

「ああ、早くかかってこい。時間が勿体ない」

身構えもせず星児が言うと、男はいきなり殴りかかってきた。

星児は垂直に跳躍して、顎に猛烈な蹴りを飛ばすと、

「ぐわッ……！」

男は奇声を発して路側帯の植え込みに頭から突っ込んで動かなくなった。

顎関節が粉砕され、前歯が悉《ことごと》くへし折れたようで、向こう一年ばかりは流動物で言葉も出せなくなったことだろう。

もちろん手当てなどしてやる義理はない。

「こ、こいつ……」

驚きながらも次の男が蹴りを飛ばしてきたが、こいつは何の格闘の覚えもなく、星児の素早い金的蹴りで、

「ぐむ……」

白目を剥いて昏倒した。二つの睾丸が完全に損壊し、今後一生、子作りもセックスも出来ず、性転換するしかないだろう。

やはり吸収した力は、亜利沙以上のものになっているようだ。

すると最後の男が怯みながらもナイフを出し、渾身の力で突きかかってきた。

「そうそう、お前だけ逃げずに感心」

腕を刺されながら星児が言うと、男は刺してしまったことに怯え、突き立ったナイ

フから思わず手を離した。しかし血は流れず、筋肉の力で刃が押し出されてカランと落ち、すでに痛みも傷跡も残っていなかった。

「拾ってもう一回刺してみな」

「ひ、ひえ……」

言うと男は、怪物でも前にしたように腰を抜かしたので、その頬に回し蹴り。

「へ……」

何が起きたか分からぬまま声を洩らし、男は失神した。これも顎関節が修復不能に粉砕され、顔の下半分がずれたまま一生を終えることになるだろう。

幸い通行人もいなかったので、星児は悠然と歩きはじめた。バイクを一台もらおうかと思ったが運転が出来ない。

やがて日が傾く頃、月岡家を訪ねると友里子が迎え入れてくれた。

「もう少し待っててね。先にお風呂に入ってて」

天女の笑みで言われ、彼も素直にバスルームに行った。初枝の家でシャワーは浴びたが、けっこう歩いたし運動したので汗を流したかったのだ。

湯に浸かって体を洗い、さっぱりして服を着ると、もう夕食の仕度が調《ととの》っていた。

「ビールは要る？　私も少しだけ飲むから」

「じゃ二人で一本ぐらいで」

アルコールを飲む習慣のない彼は答え、それでも食卓について友里子と乾杯した。

料理はクリームシチューにフランスパン、サラダに何種かの総菜があって豪華で、冷凍物の夕食ばかりだった星児は急に空腹を覚えた。

「父の計画は進んでいるの？」

「はい、何とか順調に……」

どこまで知っているのか分からないが、訊かれて彼は曖昧に答えた。

「そう、何だか人が変わったみたいに逞しくなって、生き生きしているわよ」

「そうですか。前はずいぶん頼りなかったでしょう」

「ううん、初々しくて好きだったけど、今の星児さんも好きよ」

言われて、まだ食事も済んでいないのに股間が熱くなってきてしまった。

そういえば、こんなふうに美しい女性と二人で食事するなど生まれて初めてのことだった。

多少緊張して味が分からないかと思ったが、それでも星児はこれまでの自分ではないので、次第にリラックスして料理を楽しむことが出来た。

そして友里子も、それ以上計画の細かな内容には触れてこなかった。

やがて食事を終えると友里子が紅茶を淹れてくれ、星児は彼女が洗い物などしている間はリビングでテレビを観たりして過ごしながら期待を高めた。

友里子が作業を終え、戸締まりをして回ると寝室に誘われた。

星児は手早く全裸になり、美熟女の体臭の沁み付いた枕とベッドに身を横たえると友里子も脱いで、見る見る白く滑らかな熟れ肌を露わにし、彼の隣にゆったりと添い寝してきたのだった。

5

「まあ、すごい勃ってるわ……」

友里子が言い、星児のペニスにそっと触れてきた。

「ああ……」

彼も快感に喘ぎ、人妻たちの中で最年長の友里子に甘えたい衝動に駆られた。

やはり魅惑的な女性というものは、一度知れば気が済むというものではなく、またしてみたいと思わせるものなのだろう。

（しゃぶりたい……）

星児は、友里子の心根を読み取ることが出来た。言葉ではなく、喜怒哀楽や好悪の情、願望や欲求が直に頭の中に入ってくるのである。

「おしゃぶりして……」

彼は仰向けになって言い、激しく突き立ったペニスを突き出した。

すると、願ってもないというふうに友里子が顔を寄せ、貪るように亀頭にしゃぶり付いてきた。

舌がからまり、熱い息を股間に籠もらせながらスッポリと喉の奥まで呑み込まれ、星児はうっとりと美熟女の愛撫に身を委《ゆだ》ねた。

「ンン……」

友里子は熱く鼻を鳴らし、先端で喉の奥を突かれながらたっぷりと唾液を出し、吸引と摩擦を繰り返してくれた。

「ああ、気持ちいい……」

星児は高まりながら喘ぎ、下からもズンズンと股間を突き上げて摩擦を高めた。

そしてペニスが充分に唾液に濡れると、

(私も舐めて欲しい……)

友里子の想念が伝わってきた。

「もういいです。じゃ仰向けになって下さい」

星児が言うと友里子はスポンと口を離し、素直に添い寝してきたので、彼も入れ替わりに身を起こして彼女の下半身に向かった。

まずは屈み込んで足裏を舐め、形良く揃った足指に鼻を埋め込み、生ぬるい汗と脂に湿って蒸れた匂いを貪った。そして両足とも嗅いでから爪先にしゃぶり付き、順々に指の股に舌を割り込ませていった。

「あう……」

友里子がビクリと反応して呻き、彼も両足とも味わい尽くしてから股を開かせ、脚の内側を舐め上げていった。

白くムッチリした内腿を通過し、熱気と湿り気の籠もる割れ目に迫ると、はみ出した陰唇はすでにネットリと熱い愛液に潤っていた。

恥毛の丘に鼻を埋めて嗅ぐと、生ぬるく蒸れた汗とオシッコの匂いが、馥郁《ふくいく》と鼻腔を刺激して胸に沁み込んできた。

星児は胸を満たしながら舌を挿し入れ、淡い酸味のヌメリを掻き回して、かつて麻衣が生まれてきた膣口からクリトリスまでゆっくり舐め上げていった。

「アアッ……、いい気持ち……！」

友里子が身を弓なりに反らせて喘ぎ、内腿できつく彼の顔を挟み付けてきた。

星児も豊満な腰を抱え込み、チロチロとクリトリスを舐めると、

（ああ、そこ……、もっと吸って……）

彼女の喘ぎ以上に、心の願望が響いてきた。

彼は執拗に吸い付いては溢れる愛液をすすり、さらに両脚を浮かせて尻の谷間に鼻を埋め込んでいった。

ひっそり閉じられた蕾に籠もる蒸れた微香を嗅ぎながら、顔中に密着して弾む双丘を味わい、舌を這わせてヌルッと潜り込ませた。

「あう……、もっと深く……」

友里子が呻いて肛門を締め付け、クリトリスとは違う快感を得ていることが激しく彼の頭の中に伝わってきた。

星児は舌を蠢かせ、微妙に甘苦く滑らかな粘膜を探り、やがて脚を下ろして再びクリトリスに吸い付いていった。

（ああ、入れてほしい、恥ずかしいけれど後ろから……）

高まった友里子が心の中でそう思っていると、彼も身を起こしていった。

「じゃ、うつ伏せになって、お尻を突き出して下さい」

彼が言うと、友里子もすぐ四つん這いになり、顔を伏せて白く豊かな尻を突き出してきた。

星児は膝を突いて股間を進め、バックから濡れた膣口にヌルヌルッと一気に根元まで挿入していった。

「アアッ……、いいわ……！」

友里子が白く滑らかな背を反らせて喘ぎ、彼も肉襞の摩擦と股間に当たって弾む尻の丸みを味わった。そのまま背に覆いかぶさり、両脇から回した手で三十九歳の爆乳を揉みながら、髪に鼻を埋めて甘い匂いで胸を満たした。

腰を突き動かすたび、心地よい締め付けと摩擦が彼自身を刺激し、尻の感触も実に良かった。

しかし、やはり美しい顔が見えず、唾液や吐息が味わえないのが物足りず、彼は暴発することもなく身を起こし、いったんヌルリと引き抜いた。

「ああ……」

中断され不満げに喘ぐ彼女を横向きにさせ、星児は上の脚を真上に差し上げ、下の内腿に跨がって再び挿入していった。

股間を密着させ、上の脚に両手でしがみついていった。この松葉くずしの体位は交差した股間の密着感が増し、擦れ合う内腿の感触も加わるものだった。

何度か動いて、温もりと感触を味わってから、また彼は引き抜いて友里子を仰向けにさせ、正常位で深々と身を重ねていった。

「アア……、もう抜かないで、このままいかせて……」

星児が股間を密着させて身を重ねていくと、友里子が息を弾ませて言い、下からしっかりと両手を回して彼を抱き留めた。

彼はまだ動かずに屈み込み、左右の乳首を交互に含んで舐め回し、顔中で柔らかな膨らみを味わった。

さらに腋の下にも鼻を埋め込んで嗅ぎ、生ぬるく甘ったるい濃厚な汗の匂いに噎せ返ると、その刺激がペニスに伝わり、内部でヒクヒクと歓喜に震えた。

待ち切れないように友里子がズンズンと股間を突き上げはじめると、彼も徐々に合わせて腰を動かし、熱いヌメリと摩擦快感にジワジワと絶頂が迫ってきた。

首筋を舐め上げて唇を重ね、舌を挿し入れてからめると、

「ンンッ……」

友里子も熱く鼻を鳴らし、チュッと強く彼の舌に吸い付いた。

次第に快感に任せて動きを強め、いつしか股間をぶつけるほど激しい律動を繰り返

すと、大量の愛液が動きを滑らかにさせ、クチュクチュと湿った摩擦音も淫らに響いてきた。

揺れてぶつかる陰嚢も生ぬるく濡れ、膣内の収縮が高まっていった。

「アア、いきそう……」

友里子が口を離して喘ぎ、星児は熱く湿り気ある白粉臭の吐息に高まった。それは夕食の名残で濃厚に鼻腔を掻き回し、実に悩ましい刺激が含まれていた。

星児も限界に達していたが、その前に友里子の激しい想念をシャットアウトすることにした。

女性のオルガスムスがどんなものか知ってみたい気持ちもあるのだが、あまりに激しすぎて、それを体感した男は堪らずに失神してしまうかもしれないという恐れが湧いたのである。

すると、たちまち友里子がガクガクと狂おしい痙攣を開始し、彼を乗せたまま腰を跳ね上げはじめた。

「い、いく……、アアーッ……！」

彼女が声を上ずらせ、激しくオルガスムスに達した。

星児も、収縮と締め付けに巻き込まれ、同時に昇り詰めてしまった。

「く……」

突き上がる快感に呻き、ありったけの熱いザーメンをドクンドクンと勢いよく注入すると、

「あう、温かいわ、もっと出して……！」

奥深くに感じた噴出に、彼女は駄目押しの快感を得ながら呻いた。

締め付けと収縮が増すと、星児も激しく動きながら濃厚な美女の吐息を嗅いで快感を噛み締め、心置きなく最後の一滴まで出し尽くしていった。

満足しながら徐々に動きを弱め、力を抜いて遠慮なく体重を預けると、

「ああ……」

彼女も熟れ肌の強ばりを解いて声を洩らし、グッタリと四肢を投げ出していった。

友里子が荒い息遣いを繰り返すたび、乗っている彼の全身も緩やかに上下し、膣内の収縮に合わせて彼自身が過敏にヒクヒクと震えた。

星児は友里子の熱く甘い吐息を嗅ぎながら余韻を味わい、恐る恐る彼女の心根を覗くと、やはり男が感じる以上の深い満足に包まれているようだった。

あまり長く乗っているのも悪いので、やがて彼はそろそろと身を起こして股間を引き離し、ゴロリと添い寝していった。

「今夜は泊まっていきなさい」

呼吸を整えながら友里子が言い、肌をくっつけたまま布団を掛けてくれた。

彼女も充分に満足したのでこのまま眠りたいらしく、入浴は朝にするつもりのようだった。

星児は腕枕してもらい、美熟女の温もりと匂いに包まれながら目を閉じた。

さすがに今日は色々あったし、心地よい疲労に満たされていたので、間もなく彼は深い眠りに落ちていった。

友里子と一緒にいるので淫気も湧くが、何しろ健康優良な亜利沙の力を宿しているから寝つけないことはなく、きっちり六時間は熟睡出来たのだった……。

——翌朝目を覚ますと、外は薄明るく、隣の友里子はまだ軽やかな寝息を立てていた。

朝立ちの勢いもあり、彼が顔を寄せ、僅かに開いて熱い息の洩れる友里子の口を嗅ぐと、一夜でさらに濃厚になった吐息が悩ましく鼻腔を刺激してきた。

今日も麻衣の案内で人妻を紹介され、何度か射精するのだが、匂いで勃起が増してしまった。

「あ……、もう起きないと……」

するると彼の気配に友里子も目を開いて言い、身を起こしてしまったのだ。

「よく眠っていたようね。じゃ朝食の仕度が出来たら呼ぶので、もう少し寝ていなさいね」

彼女は言い、そっと星児の額にキスすると寝室を出ていってしまった。

星児も、友里子の熟れた体臭の残り香を感じながら、もう少し横になっていることにした。

友里子は、炊飯器のスイッチを入れてから入浴し、出ると洗濯機を回し、キッチンに戻って朝食の仕度にかかった。主婦としての一日が始まったようだ。

彼も勃起を抑え、何とか朝は我慢して午後の出会いに専念することにした。

そして呼ばれると寝室を出て、シャワーを浴びて身繕いをし、食卓に就いた。

朝は和食で、干物に海苔《のり》に卵と漬け物に味噌汁だった。何やら旅館の朝のようで星児はご飯をお代わりした。

「ご馳走様でした。じゃ僕は戻りますね」

ゆっくり食事を済ませると、星児は言い、友里子も引き留めることなく彼を送り出してくれた。

そしてアパートに戻ると、彼はパソコンで大学のリモート講義を受けたが、また眠くなってきて少し横になった。

キャンパスに行かれない大学生活など味気ないし、もう絶大な力を宿しているのだから、中退したって就職出来るだろう。

昼になると彼は冷凍物で昼食を済ませ、シャワーを浴びて歯磨きをし、身繕いを整えた。するとタイミング良く麻衣からラインが入った。

すぐにアパートを出て、待ち合わせのコンビニに行くと車が待っていたので助手席に乗り込んだ。

「昨日はどうだった？　初枝さんも魅力的な人でしょう」

「うん、テレパスの能力を得てしまったよ」

麻衣が車をスタートさせながら言うと、彼も答えた。

「そう、じゃ声に出さなくても分かるわね」

「いや、勝手に心を覗かれるのは嫌だろうから、普段はシャットアウトすることにしたんだ。ちゃんと言葉で話そう」

「ええ、その方が私も助かるわ」

麻衣は答え、車を海岸沿いから逗子方面に向けた。

「今日行くのは、五人目の木田比呂子《きだひろこ》さん」

麻衣がハンドルを繰りながら言う。

「うん、紙のリストで見たけど、確か三十歳の主婦だよね」

「私の高校時代の担任よ」

「へえ、そうなんだ……」

麻衣の言葉に星児は驚いた。比呂子は国語教師で、英語教師と結婚して麻衣の卒業と同時に退職したらしいから、まだ新婚二ヶ月ほどである。

「それで、比呂子さんの能力は？」

「抜群の知力よ。語学力をはじめ、メカにも精通しているわ。ＩＱが高く、異常なほどの記憶力の持ち主。高校入学前に、広辞苑と百科事典その他を丸暗記したのよ」

「それはすごいね……」

「現役で東大に入ったけど、念願だった高校の国語教師になって、今は平凡な主婦」

「勿体ない。どんな仕事にも就けて、経営者や学者にもなれるだろうに」

「欲がないというか、自分の能力も、単に勉強が出来る程度に思っているようだわ。知識は入れるものだけど、知性は出すもの。その出す場を持たなかっただけ」

麻衣が言う。

「そう……」

「確かに勿体ないけど、その力を星児さんが得て生かせばいいの。比呂子先生は語学の才能もあるから、今後少し勉強しただけで何カ国語も話せるし、どんなメカの操縦も出来るようになるわ」

麻衣に言われ、それなら今後、先日の不良などのバイクも難なく乗りこなせるようになりそうだ。もっとも免許を取っておかないとならないが。

「ただ……」

「ただ、何?」

麻衣が言い淀んだので、星児は気になって訊いた。

「すごくシャイで恥ずかしがり屋だから、比呂子先生は私にも立ち合ってほしいと言ってきたの」

「え……」

「そう、今日はこれから三人で戯《たわむ》れることになるわ」

「そ、それは……」

楽しみになってきて、早くも星児はムクムクと勃起してしまった。3Pなど、夢のまた夢だったのだ。

やがて車は逗子市内に入り、住宅街の外れにあるハイツの駐車場に停めた。

降りると、ハイツの一階のドアが開いて比呂子らしい女性が出てきた。

メガネを掛け、髪をアップにした清楚な美女である。

「あ、北川星児です」

「木田です。どうぞ。麻衣さんもお久しぶり」

比呂子がやや緊張気味に色白の頬を強ばらせて言い、とにかく二人を招き入れてくれたのだった。

第四章　二人がかりで弄ばれて

1

「何もお構いなく。すぐ始めましょう」

最年少の麻衣が言うと、比呂子も小さく頷いた。すでに承知しているようで、実はシャイな性格の裏に絶大な欲求を溜め込んでいるのかもしれない。

部屋は２ＤＫでこぢんまりとし、六畳の寝室に布団が敷かれ、洋間には机が並んでいた。教師夫婦のわりに本が少ないのは、もっぱらネット検索を主に利用しているのだろう。

英語教師の夫は三十二歳で、演劇部の顧問。今は比呂子と子作りに励んでいる時期のようだった。そして比呂子も、父親である吾郎には会っていないらしい。

寝室に入ると、促すように麻衣がブラウスのボタンを外しはじめ、星児も脱ぎはじめていった。

「ああ、信じられないわ。こんなことになるなんて……」

比呂子も、声を震わせながらモジモジと服を脱いでいった。心根を読んでみると、実際は期待と興奮に満ち、麻衣からの提案を素直に受け止めるほど快楽への好奇心があるようだ。

何と比呂子は教師になり、夫と出会うまでは処女だった。それまではもっぱら一人で、バイブやローターを使って自分を慰め、今も夫が不在の時は、それらを利用しているようである。

だから処女のうちからバイブの挿入快感に目覚め、夫の生身を知るようになると急激に性感も研ぎ澄まされたのだが、今は夫も忙しい時期なので、セックスは週末だけとなり、それが物足りないようだった。

心が読めるというのは、実に便利なものである。

そして比呂子の願望の中に、同性への欲望も混在し、特に可憐な麻衣には担任時代から妖しい衝動に駆られていたようだった。

麻衣もまた、この優秀で優しい女教師に憧れを寄せていたのだろう。

まして麻衣は、あの怪人吾郎の孫娘なのだから、どんなことでも平然と受け止められる性質は、他の娘たち以上であろう。

というわけで女二人は嫌々でなく、むしろ嬉々として三人での戯れを望んでいるようだった。

星児は期待と興奮に胸を高鳴らせ、激しく勃起しながら全裸になり、元女教師の体臭の沁み付いた布団に仰向けになっていった。

二人が脱いでいくと、籠《こ》もった空気が揺らいで、生ぬるく混じり合った匂いが悩ましく漂ってきた。

やがて麻衣と比呂子も全裸になり、比呂子はメガネだけ掛けたまま、左右から彼を挟むように身を寄せてきた。

「二人で好きにしたいので、最初はじっとしていてね」

麻衣が言うと、いきなり彼の乳首にチュッと吸い付いてきた。

すると比呂子も、もう片方の乳首に口を押し付け、チロチロと舌を這わせてきたのである。

「ああ、気持ちいい……」

申し合わせていたような二人の愛撫を受け、星児はクネクネと悶えて喘いだ。

二人分の熱い息に肌をくすぐられ、それぞれの乳首が非対称な蠢きで舐められると否応なく身をくねらせてしまった。

「嚙んで……」

思わず言うと、麻衣がキュッと前歯を立ててくれ、それを見た比呂子も恐る恐る嚙んでくれた。

「あう、もっと強く……」

どうせ出血してもすぐ治るので、彼は甘美な刺激に身悶えてせがんだ。

やがて二人は充分に乳首を愛撫すると、そのまま脇腹を舐め降り、時に軽く歯も食い込ませてくれた。

何やら星児は、二人の美女たちに全身を少しずつ食べられていくような快感と興奮を得た。

そしていつも彼がするように、まずは股間を避けて脚を舐め降り、二人はほぼ同時に彼の足裏を舐め回し、左右の爪先にしゃぶり付いてきたのだった。

「あう、いいよ、そんなことしなくても……」

星児は申し訳ないような快感に呻いて言ったが、二人は厭《いと》わず、全ての指の股にヌルッと舌を割り込ませてくれた。

生温かな泥濘《ぬかるみ》を踏んでいるようで、足指で二人の舌を挟み付けるたびゾクゾクと妖しい快感が湧き上がってきた。いつも女性の爪先をしゃぶっているが、されるのは初めてである。

二人も厭わず満遍なく全ての指の股をしゃぶり尽くすと、彼を大股開きにさせて脚の内側を舐め上げてきた。

内腿もキュッと噛まれ、そのたびに彼はウッと息を詰め、勃起した幹を震わせた。

そして二人の頬が寄り合い、混じり合った息が熱く股間に籠もると、麻衣が星児の両脚を浮かせ、尻の谷間を舐めてくれた。

「そ、そんなところ舐めるの初めて……」

見ていた比呂子が言った。夫は真面目で淡泊、まず爪先や肛門など舐め合ったりせず、短い愛撫で挿入射精するだけのようだ。

麻衣がヌルッと舌を潜り込ませて蠢かすと、内側から刺激された幹がヒクヒク上下し、先端に粘液が滲んだ。

やがて麻衣が舌を離すと、比呂子も恐る恐る舌を這わせ、同じように潜り込ませてくれた。

「く……、気持ちいい……」

星児は微妙に感触や温もりの異なる舌先を受け入れ、キュッキュッと肛門で締め付けながら呻いた。

比呂子の舌が離れると脚が下ろされ、二人は同時に頬を寄せ合い陰嚢に舌を這わせてきた。それぞれの睾丸を転がし、たちまち袋全体は美女たちのミックス唾液に生温かくまみれた。

そしてしゃぶり尽くすと、いよいよ二人は身を乗り出し、肉棒の裏側と側面を味わうようにゆっくり舐め上げてきたのだ。

滑らかな舌が先端まで来ると、二人は粘液の滲む尿道口を交互にチロチロと舐め、張り詰めた亀頭にも同時にしゃぶり付いた。女同士の舌が触れ合っても、高まる興奮で全く気にならないようである。

さらに麻衣がスッポリ呑み込んで舌をからめ、吸い付きながら引き抜いてチュパッと離れると、比呂子も深々と含んで吸い、スポンと引き離した。

「ああ、気持ちいい……、いきそう……」

これも微妙に異なる口腔の感触や舌の蠢きに、星児はすっかり高まって喘いだ。

「いいわ、いっても。その方が落ち着くでしょう」

「いや、勿体ない……」

麻衣が口を離してそう言ってくれたが、星児はやはり一つになりたくて答えた。どうせなら、初対面の比呂子の中で果てたいものである。

すると二人も舌を引っ込めて顔を上げた。

「じゃ、どちらから入れたい？」

「そ、その前に舐めたい。足の裏から……」

星児が仰向けのまませがむと、麻衣が比呂子を促して立ち上がり、二人は彼の顔の左右にスックと立った。

「こうしてもいい？」

麻衣が言い、片方の足を浮かせてそっと彼の顔に足裏を乗せた。すると比呂子も恐る恐る、同じように乗せ、フラつく身体を女たちで支え合った。

「ああ……」

星児は二人分の足裏を顔中に受けて喘ぎ、それぞれに舌を這わせながら、指の股にも鼻を押し付けて蒸れた匂いを嗅いだ。どちらの指の間も汗と脂に湿り、ムレムレの匂いが濃厚に沁み付き、しかも二人分だから充分すぎるほど彼の鼻腔が刺激に掻き回された。

そして順々に指の股にヌルッと舌を割り込ませて味わうと、

「アアッ……、くすぐったいわ……」

比呂子がガクガクと膝を震わせ、麻衣に摑まりながら喘いでは、バランスを崩してギュッと踏みつけてきた。星児は二人分の味と匂いを堪能し、足を交代してもらい、そちらも念入りに貪り尽くしたのだった。

「じゃ、跨がって……」

口を離し真下から言うと、麻衣が元担任に敬意を表し、先に比呂子を跨がらせた。

「ああ、恥ずかしい……」

比呂子は完全に彼の顔の左右に足を置き、声を震わせながらゆっくり和式トイレスタイルでしゃがみ込んできた。

スラリとした脚がM字になると、脹ら脛と内腿がムッチリと張り詰め、すでに濡れはじめている割れ目が彼の鼻先に迫った。

恥毛の生え具合も、割れ目から覗くクリトリスの大きさも、実にほど良いものだった。熱気を顔に受けながら腰を抱き寄せ、柔らかな茂みに鼻を埋め込んで嗅ぐと、生ぬるい汗とオシッコの匂いが、馥郁と鼻腔を搔き回して胸に沁み込んできた。

舌を挿し入れて膣口の襞を探ると、淡い酸味の潤いがヌラヌラと蠢きを滑らかにさせていった。

そのままクリトリスまで舐め上げていくと、

「アアッ……、いい気持ち……！」

比呂子が顔を仰け反らせて喘ぎ、思わずギュッと座り込んできた。

星児は重みと匂いを受け止めながらチロチロとクリトリスを舐めては、トロトロと漏れてくる愛液をすすった。

さらに彼は比呂子の尻の真下に潜り込み、顔中に弾力ある双丘を受け止めながら、可憐な蕾《つぼみ》に鼻を埋めて微香を嗅ぎ、舌を這わせてヌルッと潜り込ませていった。

2

「あう、そこもいい気持ち……」

比呂子が呻き、モグモグと味わうように肛門で星児の舌先を締め付けた。

彼も充分に内部で舌を蠢かすと、

「も、もうダメ……」

肛門でも感じるらしい比呂子が言い、しゃがみ込んでいられず両膝を突くと、そのまま突っ伏してしまった。

星児は身を起こし、麻衣を味わうのは後回しにし、まず比呂子に入れて果てたかったので、彼女を仰向けにさせた。

「こ、これをお尻に入れて……」

すると比呂子が、布団の下に隠していたらしいローターを出して星児に手渡した。

そして自ら両脚を浮かせ、尻を突き出してきたのである。

星児は楕円形のローターを手にして腹這い、彼女の股間に迫った。すると麻衣も一緒になって頬を寄せ、目を凝らしてきたのだった。

「すごく濡れてるわ。私のもこんなに綺麗な色？」

麻衣が、元教師の股間で甘酸っぱい息を弾ませて言う。

「うん、麻衣ちゃんも綺麗だよ。あとでうんと舐めるから待っててね」

星児は、子供にでも話しかけるように言い、割れ目から垂れる愛液にまみれた肛門にローターを押し当てた。

比呂子の心を読むと、こうしたオナニーも頻繁にしていたようだが、夫には要求したことがないようである。

指の腹で押し込むと、可憐な肛門が襞を伸ばして丸く押し広がり、光沢を放つ楕円形のローターを呑み込んでいった。

「あう、もっと奥まで……」

比呂子が息を詰めて言い、とうとうローターは奥まで没して見えなくなり、あとはつぼまった肛門から電池ボックスに繋がったコードが伸びているだけになった。

星児が電池ボックスのスイッチを入れると、中からブーンと低くくぐもった震動音が聞こえてきた。

「アア……、いいわ、感じる。じゃ前にあなたのペニスを入れて……」

比呂子が脚を下ろし、夫にも言えない願望をせがんできた。

星児は身を起こして股間を進め、張り詰めた亀頭を濡れた割れ目に擦り付け、潤いを与えながら位置を定めていった。

ヌルヌルッと潜り込ませていくと、さすがに直腸にローターが入っているので膣の締まりが増したようにきつかった。

しかも根元まで押し込むと、間の肉を通してローターの振動がペニスの裏側に妖しく伝わってきたのだ。

そんな様子を麻衣は見ていたが、仰向けの比呂子に添い寝し甘えるように乳首に吸い付いたではないか。星児も締め付けと温もりを味わいながら股間を密着させ、身を重ねていった。

まだ動かず、屈み込んで乳首を吸い、麻衣と一緒になって舌を這わせた。

案外着痩せするたちらしく乳房は豊かで、心地よい弾力とともに甘ったるい体臭が鼻腔を刺激した。

星児は比呂子の腋《わき》の下にも鼻を埋め込み、濃厚な汗の匂いに噎《む》せ返り、徐々に腰を突き動かしはじめていった。

「アア……、いきそうよ……、もっと突いて……」

比呂子も股間を突き上げながら言い、収縮と愛液の分泌を高めていった。

すぐにも絶頂に達しそうなので、心の中を覗くのをやめ、星児もリズミカルな律動を開始した。

上から唇を重ね、舌をからめると、

「ンンッ……！」

メガネ美女が色っぽい表情で呻き、チロチロと舌を蠢かせてきた。

口を離し、喘ぐ口に鼻を押し付けて嗅ぐと、比呂子の息は熱く湿り気があり、シナモンに似た刺激を含んで彼の鼻腔を掻き回してきた。

悩ましい匂いと膣内の収縮と摩擦、そしてローターの振動に高まり、たちまち星児は股間をぶつけるように激しく動き、昇り詰めてしまった。

「く……！」

快感に呻きながら、ドクンドクンと勢いよく熱いザーメンをほとばしらせると、

「か、感じるわ、いい……、アアーッ……！」

噴出を受け止めると同時に、比呂子もオルガスムスのスイッチが入ったように声を上げ、ガクガクと狂おしい痙攣を開始したのだった。

あとは声もなく身悶え、彼も快感を嚙み締めながら心置きなく最後の一滴まで出し尽くしていった。

「すごいわ、二人ともすごく気持ち良さそう……」

麻衣が見ながら言い、やがて星児は満足して動きを止め、比呂子にのしかかっていった。

「ああ……、こんなの初めて……」

比呂子もすっかり満足したように声を洩らし、身を投げ出していった。

やはりバイブオナニー歴が長いので、生身から射精される感覚は格別なようであった。また、夫はあまり精力も強くないので、深い部分を直撃する噴出まで感じられなかったのだろう。

互いに動きを止めても、荒い息遣いとともにローターの震動音が聞こえていた。

その刺激が強すぎて、星児は余韻も味わわず、呼吸も整わないうちに身を起こして股間を引き離していった。

ペニスを引き抜くと、彼はローターのスイッチを切り、切れないようコードを握ってゆっくり引き抜いていった。

すると奥からピンクのローターが顔を覗かせ、再び肛門を丸く押し広げながら引き抜かれてきた。

「あう……」

比呂子が力んで呻くとともに、僅かに曇った楕円形のローターがツルッと抜け落ちた。肛門も一瞬粘膜を覗かせたが、徐々に元の可憐な蕾に戻っていった。

汚れの付着はないが、一応ティッシュに包んで置き、星児は放心状態でグッタリと正体を失くしている比呂子の横に仰向けになった。

「さあ、いいよ、麻衣ちゃんも跨いで」

誘うと、麻衣も待ちかねたように星児の顔に跨がってしゃがみ込み、ぷっくりした割れ目を彼の鼻先に迫らせてきた。

今までの行為ですっかり下地が出来上がっているように、麻衣の割れ目は大量の蜜にヌラヌラと潤っていた。

腰を抱き寄せ、楚々とした若草に鼻を埋め込んで嗅ぐと、今日も生ぬるく蒸れた汗とオシッコの匂い、それにほのかなチーズ臭も混じって鼻腔を刺激してきた。

星児は美少女で若妻の匂いを貪りながら舌を這わせ、淡い酸味の清らかな蜜をすすった。

膣口からクリトリスまで舐め上げると、

「ああッ……、いい……」

麻衣がビクッと反応して喘ぎ、思わずキュッと彼の顔に座り込んできた。

星児は味と匂いを堪能してから尻の真下に潜り込み、谷間の蕾に鼻を埋めて蒸れた匂いを嗅ぎ、舌を這わせてヌルッと潜り込ませた。

「あん……、いい気持ち……」

麻衣が声を洩らし、キュッと肛門で舌先を締め付けた。

星児は舌を蠢かせて滑らかな粘膜を味わい、再び割れ目に戻って蜜をすすり、クリトリスに吸い付くと、

「い、入れたいわ……、いい……？」

麻衣が腰をくねらせて言った。もちろん彼も絶大な力を宿し、すでにピンピンに回復している。

舌を引っ込めると麻衣が自分から彼の上を移動し、まだ比呂子の愛液にまみれている先端に跨がり、ゆっくり腰を沈めて膣口に受け入れていった。

ヌルヌルッと根元まで納めると、

「アアッ……！」

麻衣が座り込み、股間を密着させて喘いだ。

星児も温もりと締め付けを味わいながら、両手で彼女を抱き寄せた。

身を重ねてきた麻衣の胸に潜り込み、桜色の乳首を含んで舐め回し、顔中で張りのある膨らみを感じながら両方とも味わった。

乳首を堪能すると腋の下にも鼻を埋め込み、生ぬるく甘ったるい汗の匂いを吸収しながら、ズンズンと小刻みに股間を突き上げると、

「ああ、いいわ……、すぐいきそう……」

麻衣が熱く喘ぎ、腰を遣って動きを激しくさせていった。

さらに星児は、横で息を吹き返した比呂子の顔も引き寄せ、三人で唇を重ね、ヌラヌラと舌を舐め合った。

何という贅沢な快感であろう。彼は生温かく混じり合った唾液をすすってうっとりと喉を潤し、二人分の熱い息で顔中を湿らせた。

「唾をもっと出して……」

言うと二人も懸命に、白っぽく小泡の多い唾液をトロトロと彼の口に吐き出してくれた。星児は生ぬるいミックス唾液を飲み込み、

「顔中にも……」

せがむと二人は舌を這わせ、唾液を垂らして彼の顔中に塗り付けてくれた。

麻衣の口からは甘酸っぱい果実臭の吐息が、比呂子からは湿り気あるシナモン臭の息が洩れ、彼の鼻腔で悩ましく混じり合い胸に沁み込んできた。

「い、いく……！」

立て続けではあったが、星児は急激に高まって口走り、大きな快感に全身を貫かれてしまった。そして大量のザーメンをドクドクと注入すると、

「い、いく……、アアーッ……！」

噴出を感じた麻衣も同時に声を上げ、ガクガクと狂おしいオルガスムスの痙攣を開始したのだった。

星児は二人分の唾液と吐息を吸収し、心ゆくまで快感を嚙み締め、最後の一滴まで出し尽くしていった。麻衣も力を抜いて満足げにもたれかかり、やがて彼はうっとりと快感の余韻を味わったのだった。

3

「ね、二人で肩に跨がって」

バスルームで三人、体を洗い流すと星児は床に座り込んで言った。

洗い場が狭いので身を寄せ合い、いくら洗っても二人分となると、それなりに混じり合った体臭が感じられ、またもや彼自身はムクムクと回復してきた。

二人も素直に、彼の左右の肩に跨がり顔に股間を突き付けてくれた。

メガネを外した比呂子は実に整った美形で、星児も新鮮な興奮を覚えた。

「じゃオシッコかけてね」

星児が言いながら、左右の割れ目を舐めると、

「そ、そんなことするの……？」

比呂子が声を震わせ、文字通り尻込みした。

しかし下腹に力を入れ、尿意を高めはじめた麻衣を見ると、慌てて自分も息を詰めた。後れを取ると、なおさら二人に注目されて出しにくくなり、羞恥が増すと思ったのだろう。

すっかり匂いの薄れた割れ目を舐めると、二人とも新たな愛液を漏らしはじめ、舌の動きを滑らかにさせた。

そして比呂子の愛液を舐め取るたび、彼女の持つ絶大な知識が頭の中に流れ込んでくる気がした。あらゆる辞書などを記憶している彼女は、すでに世の中で知らないことなどないのではないか。それが平凡な主婦に納まっているのは何とも惜しいことである。

「あう、出ちゃう……」

麻衣が言うなり、柔肉の奥を妖しく蠢かせ、チョロチョロと熱い流れがほとばしってきた。

それを舌に受けて味わい、喉に流し込んで味と匂いに酔いしれていると、

「アア……」

比呂子もか細く喘ぎ、ポタポタと熱い雫《しずく》を彼の肌に滴らせてきた。

そちらの割れ目に向くと、いったん放たれた流れは治まることなく、チョロチョロと勢いを付けて注がれはじめた。

味と匂いは、淡く清らかな麻衣よりやや濃く、その刺激がまた興奮をそそった。

「し、信じられない……」

比呂子は勢いをつけて放尿しながらガクガクと膝を震わせ、彼は二人分の熱い流れを浴びて完全に回復した。

やがて二人とも出しきったので、彼は二人分の残り香の中で余りの雫をすすって舌を這わせた。

「も、もうダメ……」

比呂子が言ってビクリと股間を引き離し、クタクタと座り込んでしまった。

ようやく三人で、もう一度シャワーの湯を浴び、身体を拭いて部屋へと戻った。

「お祖父《じい》ちゃんからラインが来てるわ」

部屋に入ると、麻衣が気づいてスマホを開き、

「経過が知りたいと言うので、私は月影堂へ行くわ。星児さんは一人で帰って」

そう言うと、てきぱきと身繕いをし、比呂子に挨拶をして出ていってしまった。

二人きりになると、比呂子は熱い眼差しで星児に迫ってきた。

最初は、初対面の男の来訪が不安で麻衣まで呼んだ比呂子だったが、ここまで来ると、とことん欲望を解消したい気になっているようだ。

やはり三人でするのも豪華だが、本来秘め事は一対一の密室が最高なので、比呂子も星児も新たな淫気を湧かせはじめていた。

ましてしい麻衣が退出したので、二人はさらに淫靡な雰囲気に包まれた。

「どうか、メガネを」

言うと比呂子も再びメガネを掛け、仰向けになった彼の股間に屈み込んできた。

「何度でも出来るのね……」

比呂子は呟きながら幹を撫で、張り詰めた亀頭にしゃぶり付いて舌をからめた。

「ああ、気持ちいい……」

星児も、うっとりと快感に喘ぎ、身を投げ出して愛撫に身を任せた。

「お尻にローター入れてみる？」

「そ、それはご勘弁を……」

股間から比呂子に言われ、星児は首を振って遠慮した。新たな快感に興味はあるが、肛門への刺激はせいぜい美女の舌先だけで充分である。

すると比呂子はペニスを念入りにしゃぶって、生温かな唾液に充分濡らして顔を上げた。

「私も、麻衣ちゃんみたいに上になりたいわ」

言って身を起こすと、彼の上を前進して股間に跨がり、先端に割れ目を押し付けて根元まで受け入れていった。

夫とは正常位一辺倒らしいが、やはり器具オナニー歴が長いから、上になって自由に動きたいのだろう。

「アアッ……！」

彼の股間に座り込むと、比呂子が顔を仰け反らせて喘いだ。

星児も、温もりと感触を味わい、膣内でヒクヒクと幹を震わせた。肛門にローターが入っていなくても、締まりは抜群であった。

両手を伸ばすと比呂子も身を重ね、彼は両膝を立てて尻を支えた。

「ああ、麻衣ちゃんには悪いけれど、やっぱり二人きりがいいわ……」

顔を寄せた比呂子が熱い息で囁き、徐々に腰を遣いはじめた。星児も下からしがみついて股間を突き上げ、元女教師のシナモン臭の吐息で鼻腔を満たしながら高まっていった。

たちまち互いの動きが一致して激しくなり、溢れる愛液がピチャクチャと湿った摩擦音を響かせた。

「す、すぐいっちゃう……、気持ちいいわ……」

比呂子が喘ぎながら口走り、収縮を活発にさせていった。

星児も充分に高まり、匂いと摩擦の中で三度目の絶頂を迎えてしまった。

快感に包まれながら呻き、ありったけの熱いザーメンをほとばしらせると、

「く……！」

「ヒッ……、い、いく……、ああーッ……！」

噴出とともに比呂子も声を上げ、ガクガクと狂おしいオルガスムスの痙攣を繰り返した。

星児はキュッキュッと貪欲に締まる膣内で快感を噛み締め、心置きなく最後の一滴まで出し尽くしていったのだった……。

4

「順調にいっているようで、お祖父ちゃんも安心していたわ」

運転しながら、麻衣が言った。翌日の昼過ぎである。

「そう、僕もそのうち顔を出さないと」

星児も、何となく決まりが悪いので月影堂へは行っていないが、どちらにしろ七人をクリアすれば行くことになるだろう。

「それで、今日これから行く六人目は？　金山怜子《かなやまれいこ》、三十五歳ということだけど」

車は茅ヶ崎方面に向かい、左側に広がる海を見ながら星児は訊いた。

「怜子さんは、銀座で宝石店を経営している会社の女社長に就任したばかり。旦那さんは婿養子」

「彼女の能力は？」

「絶大な金運と、未来を予知する能力」

「そ、それはすごい……」

星児は、会うのが楽しみになってきた。怜子は専務時代から、いや幼い頃から実に運が良く、先のことを見通す力があるので、一時は占術師か宗教家でも目指そうと思ったこともあるようだ。

また、もともと家が金持ちでお嬢様タイプのため、常に周囲には腰巾着《こしぎんちゃく》がいたようで、怜子も少々我儘《わがまま》な部分があるらしい。

それでも店の経営に関して、悉く上手くいっているので、今は年配の社員も彼女を信奉しているようだった。

やはり吾郎とは会っておらず、それ以前に今の両親が自分の実の親と思っているのだろう。

「昨日コンタクトを取ったら、さすがに未来が分かるようで、きっと良いことがあるに違いないと思って会うのを快諾してくれたわ」

麻衣が言い、やがて住宅街に入ると、一軒の大豪邸の前に停車した。

すると、来訪を予知していたように、すぐにも怜子らしい三十半ばの美女が外に出てきた。

高級そうな清楚な服装に、カールのかかった茶髪、目尻の吊り上がった狐顔の超美女である。

「麻衣さん、海岸まで乗せて。家だと多くのお手伝いがいるので」

怜子は言うと、ドアを開けて後部シートに乗り込んできた。今日は銀座の店には行かず、家で休養していたらしい。

「こんにちは、北川星児です」

星児が助手席から振り返って言うと、

「ああ、すごいオーラね。今日は何か面白いことが起きそう」

怜子が彼を見つめて答え、やがて麻衣は車をスタートさせた。

そして再び海岸道路に出ると、

「そこでいいわ。前から入ってみたかったの」

彼女が言い、麻衣は一軒の大きなラブホテルの前で車を停めた。

「じゃ麻衣さんは帰って。帰りはタクシーでも呼ぶから」

二人で車を降りると、怜子が麻衣に言い、彼女も頷いてすぐ車で走り去っていった。

「入りましょう」

怜子は言い、物怖じすることなく先にラブホテルに入ってゆき、星児も期待に胸を高鳴らせながら従った。

しかし互いにラブホは初めてのため、少し戸惑いながら星児がパネルを前にして空室のボタンを適当に押し、怜子がフロントでキイを受け取った。

エレベーターで三階まで上がり、番号を探して部屋に入ると、中は意外に広く窓からは海も見えていた。

ラブホといっても、夏場などは家族連れの観光客なども利用するリゾートホテルに近い感じである。

とにかく星児は、高貴な雰囲気のある怜子と密室に入り、早くも股間を熱くさせたが、彼女がソファに腰を下ろしたので、彼も向かいに座った。

「それで、君とエッチすればいいの？」

怜子が、正面からじっと星児を見つめて言う。

「え、ええ……、そうなります」

彼も、すでに二人で密室に入っているので、怜子も承知しているだろうとストレートに答えた。

「もし印象の悪い男だったら、頬を叩いて家に戻ろうと思っていたのよ」

「そ、それは良かったです……」

「エッチするなんて久しぶりだわ」

怜子が言う。心根を読んでみると、高校大学時代から取り巻きの色男に恵まれ、奔放にセックスを楽しみ、充分に快感も知っているようだ。

しかし結婚十年になる五歳上の夫は有能だが、やはり金持ちのボンボンだったらしく、あまりセックスの方は強くなく、まして格上の怜子と一緒になり萎縮気味で、もう一年ばかり交渉はなく、子供もいないようだった。

そして怜子も、社長に就任したこの一年は忙しく、浮気もせず自分で慰めていただけらしい。

「君とエッチすると、どんな良いことがあるの？」

「怜子さんの持っている能力が、僕に宿るんです。もちろん怜子さんの中からなくなりはしませんし、僕の中にある能力も多少はそちらに移ると思います」

「そう、私の能力って、吉兆が占えて、お金儲けが得意ぐらいのものだけど」

怜子が言う。

充分にすごい能力と思うが、彼女にあまり自覚はなく、単に家柄や環境で、そうなったぐらいに思っているようだ。

まあ確かに、金のあるところがさらなる金を呼ぶものであり、貧乏人にいきなり幸運は訪れないということなのだろう。

「それから昨日、麻衣さんのメールに書いてあったのだけど、入浴せずシャワートイレは使わないようにって」

「え、麻衣ちゃんがそんなことを……」

言われて、星児は驚いた。

確かに怜子は、強い気を持っていそうなので、そのぶん少しでも多く吸収するように、吾郎の言いつけでナマの匂いを残させたのかもしれない。

「本当にそれでいいのね。私、ゆうべは生まれて初めて入浴しない夜だったわ。シャワートイレも使わないのは何だか気持ちが悪いけど、昭和の頃のママの時代はそれが自然だったようだし」

怜子が言い、どうやら昨夜は本当に入浴していないようだった。

この上流の美女のナマの匂いを想像すると、星児の股間は痛いほど突っ張ってきてしまった。

もちろん彼の方は、昼食後の歯磨きとシャワーは済ませてきている。

「うんと気持ち良くさせてね。もっとも私も、そういう気がして来たのだけど。じゃ脱ぎましょう」

怜子が言って立ち上がり、服を脱ぎはじめたので、星児も気が急くように全裸になっていった。部屋は明るいままだが、お嬢様育ちの怜子は羞恥心が薄いのか、構わず一糸まとわぬ姿になった。

やがて怜子は広いベッドに横たわり、身を投げ出していった。

さすがに手入れされた肌は滑らかな色白で、息づく乳房も形良く、腹は引き締まって腰のラインも艶めかしい丸みを帯び、脚もスラリと長かった。

心根を読んでも、整形した記憶などはなく、ただ仕事の合間にジム通いをしているようだった。

星児は添い寝し、そっと乳首を含んで舌で転がし、膨らみの張りを顔中で感じながら、もう片方にも指を這わせた。

怜子は反応せず、お手並み拝見といった感じで身を投げ出している。

今まで彼が体験した女性たちの中で、怜子が最も多くの男性体験を持っているようだった。

星児は左右の乳首を味わい、充分に愛撫してから彼女の腕を差し上げ、スベスベの腋の下に鼻を埋め込んでいった。

そこは生ぬるくジットリと湿り、甘ったるい汗の匂いが濃く沁み付いていた。

「あう、汗臭ぃ？」

初めて怜子がビクリと反応して言った。

「いい匂いです」

「そう、それなら良いけど。シャワー浴びずに触れられるのは初めてだから……」

怜子は言い、やはりそれほどの羞恥はないようで、彼の好きにさせてくれた。

星児は胸を満たしてから舌を這わせ、脇腹から下腹へとたどっていった。

股間の茂みは淡いもので、恐らくプールに行くこともあるため手入れしているのだろう。

しかし股間は後回しにし、彼は腰から脚を舐め降りた。

脚もスベスベで、実に滑らかな舌触りだった。足から爪先も作り物の芸術品のように形良かった。

彼は足裏に顔を押し付け、踵から土踏まずを舐めて指の間に鼻を埋めた。

やはりどんなお嬢様育ちでも、指の股は生ぬるくジットリと汗と脂に湿り、ムレムレの匂いが濃厚に沁み付いていた。

星児は充分に嗅いでから爪先にしゃぶり付き、両足とも全ての指の間に舌を割り込ませて味と匂いを貪り尽くした。

「あう……、そんなところ舐める人はいないわよ……」

怜子が、驚いたように言った。男性体験が多いのに、足指を舐められていないとはろくでもない男ばかりと会っていたようだ。

味わってから口を離し、星児は怜子を大股開きにさせて脚の内側を舐め上げていった。滑らかな内腿をたどって股間に迫ると、さすがに悩ましい匂いを含んだ熱気と湿り気が籠もっていた。

はみ出した陰唇を指で広げると、息づく膣口は僅かに濡れはじめ、光沢あるクリトリスも程よい大きさでツンと突き立っていた。

茂みに鼻を埋めて嗅ぐと、生ぬるく蒸れた匂いが濃く沁み付き、悩ましく鼻腔を刺激してきた。

「アア、嗅いでるの。どんな匂い……」

「汗とオシッコの混じった色っぽい匂い」

「そう、嫌じゃないのね……」

やはり気になるようで怜子が訊いてきて、彼が嗅ぎながら股間から答えると、安心したようだった。

きつい目をして我が儘な性格のようだが、やはりシャワーを浴びない初めての体験というのは、彼女の奥にある女の部分が引き出されるものなのだろう。

星児は鼻腔を満たしながら舌を這わせ、膣口の襞をクチュクチュ掻き回して淡い酸味を探ってから、ゆっくりクリトリスまで舐め上げていった。

「ああ……、い、いい気持ち……」

怜子が顔を仰け反らせて喘ぎ、内腿で彼の顔を挟み付けてきた。

チロチロと舌先で弾くように舐めると、急激に潤いが増して舌の動きも滑らかになっていった。

愛撫しながら目を上げると、白い下腹がヒクヒクと波打ち、息づく乳房の間から色っぽい表情で仰け反る顔が見えた。

味と匂いを堪能すると、さらに彼は怜子の両脚を浮かせ、尻の谷間に迫った。

薄桃色の蕾が可憐に閉じられ、鼻を埋めて嗅ぐと蒸れた汗の匂いに混じり、生々しく秘めやかな微香も感じられた。

星児は顔中を双丘に密着させてナマの匂いを貪り、舌を這わせてからヌルッと潜り込ませた。滑らかな粘膜は、淡く甘苦い味覚があり、舌を蠢かすたび肛門がキュッキュッと舌先を締め付けてきた。

5

「あうう、どこ舐めてるの。そんな人いないわよ……」

怜子が、浮かせた脚をガクガクさせて呻いた。ここも舐められていないとは、全く男性体験がないのと同じであろう。

やがて充分に舌を出し入れさせてから脚を下ろし、星児は再び割れ目を舐め、新たに溢れている愛液を掬《すく》い取った。

「も、もうダメ……、すぐいきそうだわ……」

怜子が言ってクネクネと腰をよじるので、もう充分に高まったようだ。星児も舌を引っ込めて股間を這い出し、彼女に添い寝していった。

すると怜子が身を起こし、彼の股間に屈み込んできた。

「すごいわ、こんなに硬くなって。そんなに私が好き？」

囁きながら幹を撫で、張り詰めた亀頭にも触れてきた。

坊っちゃんばかりだった今までの男の中には、お高い怜子を前にして萎縮しがちな者が多かったのかもしれない。

しゃぶってくれるのか少し心配だったが、すぐにも彼女は舌を伸ばし、裏筋を舐め上げて尿道口をチロチロとくすぐり、丸く開いた口でスッポリと喉の奥まで呑み込んでくれた。

「ンン……」

熱く鼻を鳴らして吸い付き、口の中で舌をからめると、たっぷりと生温かな唾液にまみれさせた。

「ああ、気持ちいい……」

快感に喘ぎながら怜子の心根を覗くと、口内発射されて飲んだ経験もあるようだった。まあ、いかにお嬢様育ちでも三十五歳になり、何人かの男を知れば、それぐらいの体験はあるのだろう。

そして彼女は充分に濡らすと顔を上げ、

「入れるわ」

言って自分から前進してきた。女上位だけは何度も経験しているらしい。

唾液に濡れた先端に、愛液が大洪水になっている割れ目を押し当て、ゆっくり腰を沈めて膣口に受け入れていった。

ヌルヌルッと滑らかに根元まで潜り込むと、

「アアッ……！」

怜子が顔を仰け反らせて喘ぎ、ピッタリと股間を密着させて座り込んだ。

星児も、肉襞の摩擦と温もり、潤いと締め付けを味わいながら快感を噛み締めた。

そして両手で抱き寄せると、怜子も素直に身を重ねてきたので、彼は両膝を立てて尻を支え、胸に乳房の膨らみを受け止めた。

すると彼女は、すぐにも股間を擦り付けるように動きはじめた。コリコリする恥骨の膨らみが痛いほど下腹部に押し付けられ、しがみつきながら星児も合わせてズンズンと股間を突き上げた。

「アア……、いい気持ちよ、すごく……」

怜子が喘ぎ、彼の肩に腕を回すと、上からピッタリと唇を重ねてきた。

柔らかな唇が密着して唾液の湿り気が伝わり、彼女は自分からヌルリと舌を潜り込ませた。

星児も舌をからめて生温かな唾液を味わい、熱い吐息で鼻腔を湿らせた。

大量の潤いが律動を滑らかにさせ、クチュクチュと摩擦音を立てながら、熱い愛液が彼の肛門の方まで伝い流れてきた。

「ああ、いきそう……」

怜子が口を離して熱く喘いだ。

淡い香水や口紅の香りに混じり、吐息は少女のように甘酸っぱい果実臭を含んでいた。麻衣に似た匂いだが、やはり人それぞれで、三十半ばになっても可憐な匂いというのはあるのだと思った。

「ね、思いっきり顔に唾を吐きかけて」

星児は、快感と興奮を高めながらせがんだ。

「そんなことされたいの……？」

「したことある？」

「ないわ。叩いたことなら何度かあるけど」

「して」

股間を突き上げながら言うと、怜子も好奇心を抱いたように口中に唾液を溜め、形良い唇をすぼめて迫った。そして息を吸い込んで止め、思い切りよくペッと吐きかけてくれた。

喘ぐと、

「ああ……、気持ちいい……」

かぐわしい刺激の吐息と、生温かな唾液の固まりを鼻筋に受け、星児がうっとりと

「アア……、本当に悦《よろこ》んでるのね、変態……」

ペニスの脈打ちを感じて、すっかり怜子も高まって喘いだ。

唾液が頬の丸みをヌラリと伝い流れると、さらに果実臭が悩ましく漂った。

「しゃぶって……」

怜子の喘ぐ口に鼻を押し込んで言うと、彼女も舌を這わせ、お行儀悪くピチャピチャと音を立てて貪ってくれた。

「い、いく……！」

すると、たちまち星児は美女の唾液と吐息の匂いに包まれ、ヌメリと肉襞の摩擦の中で昇り詰めてしまった。口走りながら、熱い大量のザーメンをドクンドクンと勢いよく内部にほとばしらせると、

「い、いいわ……、アアーッ……！」

噴出を感じた怜子も声を上げ、ガクガクと狂おしいオルガスムスの痙攣を開始したのだった。

膣内の収縮が強まり、吸い付くような感触に彼は快感を嚙み締め、心置きなく最後の一滴まで出し尽くしていった。

満足しながら力を抜き、徐々に突き上げを弱めていくと、

「ああ……」

怜子も熱く声を洩らし、肌の強ばりを解きながらグッタリともたれかかってきた。

まだ膣内はキュッキュッと名残惜しげな収縮を繰り返し、過敏になった幹が内部でヒクヒクと跳ね上がった。

「も、もうダメ……」

怜子も敏感になって声を震わせ、彼は甘酸っぱい吐息を胸いっぱいに嗅ぎながら、うっとりと快感の余韻を味わったのだった。

しばし重なったまま呼吸を整えると、やがてそろそろと怜子が身を起こしたので、星児も起きて一緒にベッドを降りるとバスルームへ移動した。

「力が入らないわ。あんなに良かったの初めて……」

怜子が言いながら、フラついて椅子に座り、星児はシャワーの湯を出して互いの股間を洗い流した。

ようやくシャワーを浴び、彼女もほっとしているようだった。

洗い場が広く、マットが立てかけられていたので彼は床に敷いて仰向けになった。

「どうするの……」

「顔に跨がってオシッコして」

「まあ、そんなことまでしてほしいの？　本当に変態ね」

星児が言うと、怜子は答えながらも新たな好奇心を抱いたように身を乗り出し、彼の顔に跨がってきた。

まだしゃがみ込むほどの力が出ないようで、彼女は星児の顔の左右に膝を突き、バスタブのふちに摑まりながら、彼の鼻と口に割れ目を密着させてきた。

匂いは薄れたが、新たな愛液が溢れて舌の蠢きが滑らかになった。

「アア、本当に出るわよ。いっぱい出そうなので溺れないで……」

ためらう様子は見せず、怜子が尿意を高めていった。

舐めていると奥の柔肉が迫り出し、たちまち味わいと温もりを変化させてチョロチョロと熱い流れがほとばしってきた。

星児は口に受け、淡い味と匂いに包まれながら喉を潤した。

仰向けなので噎せないよう気をつけないといけないが、何しろ抜群の運動神経や身体能力があるので大丈夫だった。

「ああ、変な気持ち……」

勢いを増して遠慮なく放尿しながら、怜子が息を震わせて言った。

口から溢れた分が温かく頬を伝い耳にも入ってきたが、間もなく流れが治まった。

星児は残り香の中で滴る雫をすすり、もちろん味と匂いを堪能しながら、ペニスはすっかりピンピンに回復してきた。

「こんなことするなんて、……まだドキドキしているわ」

怜子がビクリと下腹を震わせて言い、バスタブに縋《すが》りながら股間を引き離した。

そして二人はもう一度互いの全身を洗い流し、身体を拭いてバスルームを出た。

「もうこんなに勃《た》っているの？　まだしたいの？」

「うん、もう一回お願い」

彼が答えると、怜子も再びベッドに戻ってくれた。

「今夜は顧客との晩餐会があるのよ。だから、もう一回いくと力が抜けちゃうかも」

「じゃ、お口でして下さい」

彼は言いながら、仰向けになって勃起したペニスを突き出した。

「いいわ。何だか、飲んであげるともっと良いことがありそうな気がする……」

怜子が言って屈み込み、先端にしゃぶり付いてくれた。

「こっちを跨いで」

言って怜子の下半身を引き寄せると、彼女も咥《くわ》えたまま身を反転させ、女上位のシックスナインで跨がってくれた。

星児は下から割れ目を舐め回し、溢れる愛液を飲み込むたび、金運と未来予知の能力が身の内に沁み込んでくる気がした。

「ンン……」

怜子が熱く鼻を鳴らし、スポスポと強烈な摩擦を繰り返してくれた。

そして星児も息づく割れ目と肛門を見上げながら高まり、たちまち二度目の絶頂を迎えたのだった……。

第五章　和風美女の熱き好奇心

1

（絶大な金運と未来予知か……）

怜子と別れた帰り道、星児は思った。

あれから怜子はホテルからタクシーを呼び、星児も一緒に乗ったのだ。彼女が屋敷の前で降りると、星児はそのまま最寄り駅まで乗ってきた。タクシー代は、怜子が一万円渡してくれたのでだいぶ余った。

星児は駅近くにある宝くじ売り場に寄り、二百円でスクラッチくじを一枚だけ買ってみることにした。

「どれにしますか」

「どれでもいいです。ああ、じゃその一番上のを一枚」

売り場の小母《おば》さんに答え、二百円払った彼は、その場で用紙の表面をコインで擦ってみた。

すると小さな同じイラストが全て並んで現れ、彼は売り場に差し出してみた。

「これ、当たってますか」

「ま……、一枚だけ買ったのに一等だなんて……、ご、五百万円はここでは無理なので銀行へ……」

小母さんが目を丸くして言い、用紙を返してきた。

星児は、予知能力で当たる気がしていたので、大した動揺もなくアパートへ戻り、学生証に通帳と印鑑を持つと再び外に出て、開いているうちに銀行へと行った。

申請書に記入捺印すると、難なく五百万が手に入ったが、もちろん現金で持ち帰ることはせず、全てホームバンクに送金してもらった。

この分なら、何千万でも何億でも当たってしまいそうだが、当面そんな大金は必要ないし、この五百万でも、彼には相当に大金なのである。

親からの仕送りは、学費に食費に家賃でギリギリであり、月影堂のバイトも今は行っていないので、この入金は大助かりで、多すぎるぐらいだった。

「あら、仕送りが入ったの？」

銀行を出ると、そこでばったり元アスリートの人妻、亜利沙に会った。

「ええ、まあ。お買い物ですか」

星児は亜利沙に会い、彼女の逞しい肢体を思い出して股間を熱くさせてしまった。

さっき怜子の膣と口に一回ずつ射精したというのに、やはり男は相手さえ変わると淫気がリセットされるものらしい。

まして今は絶大な運と体力を持っているので、すぐにも亜利沙を抱きたくなってしまった。

「ちょうどいいわ。会いたかったの」

亜利沙が言い、促すように歩きはじめたので、彼も従った。

「うちの人とも勝負して欲しいんだけど」

歩きながら亜利沙が言う。

「いいえ、それはお断りします。苦労して力や技を身に付けた人を相手に、超能力で落ち込ませるのは本意ではないので」

星児は答えたが、実際は男に興味がないだけである。

「分かったわ。じゃ少しだけ私に付き合って」

亜利沙は言って、駅裏のラブホテルに彼を誘った。

星児も一緒に入ったが、日に二度もラブホに入るとは夢にも思わなかったものだ。キイを受け取って部屋に入ったが、さすがに海岸沿いのリゾート風ホテルと違い、実に狭い部屋にダブルベッドが据えられているだけで、テーブルも椅子も小さなものだった。

入室すると、もう言葉など必要なく、互いの淫気が伝わり合うようで、すぐにも二人は服を脱いで全裸になっていった。

布団を剝《は》いでベッドに横たわると、亜利沙がのしかかって熱烈に唇を重ね、舌を絡めながら勃起しはじめたペニスを握ってきた。

星児も生温かな唾液にまみれて蠢く美女の舌を味わい、彼女の乳首をいじり、股間にも指を這わせていった。

割れ目に沿って指でたどると、はみ出した陰唇がすぐにもヌラヌラと潤い滑らかになってきた。

「ああ……、いい気持ち……」

亜利沙が口を離して喘ぎ、仰向けの受け身になっていった。

彼女の喘ぐ口に鼻を押し付けて吐息を嗅ぐと、無臭だった前回と違い、女らしく甘い成分の匂いに混じり、淡いガーリック臭も混じって悩ましく鼻腔が刺激された。

どうやら今日は昼食でスタミナ料理でも食べ、そのあと口内のケアもしていないようだ。

「匂う？」

「うん、濃厚で嬉しい」

「相変わらず変態ね」

亜利沙が少々羞《は》じらいを見せて言い、星児は彼女の美しい顔と匂いの刺激のギャップに萌《も》えて勃起を強めた。

ほんのり汗の味のする首筋を舐め降りて乳首に吸い付き、もう片方を探りながら舌で転がすと、

「アア……、もっと乱暴にして……」

強い刺激を求める亜利沙が喘ぎながら言い、甘ったるい匂いを揺らめかせてクネクネと身悶えた。

どうやら家でトレーニングしてから買い物に出て、帰宅したらゆっくりシャワーを浴びるつもりだったようで、今は充分すぎるほど全身が汗ばんでいた。

両の乳首を存分に愛撫して膨らみを味わい、亜利沙の腋の下にも鼻を埋め込むと、

そこはジットリと生ぬるく湿り、甘ったるい汗の匂いが濃厚に籠もっていた。

星児は鼻を擦りつけて美女の体臭を貪り、肌をたどって舐め降り、足裏にも舌を這わせて足指の股を嗅いだ。

前の時より匂いがムレムレに濃く沁み付き、彼は鼻腔を満たしながらしゃぶり付いて指の間の湿り気を探り、汗と脂を吸い取った。

「あう、汚いのに……」

亜利沙が呻き、逞しく引き締まった肢体をくねらせた。

彼は脚の内側を舐め上げ、張り詰めた内腿を通過して股間に迫った。彼女もまた、街で星児にばったり会ったときから淫気を湧かせていたように、すでに割れ目はヌラヌラと大量の愛液にまみれていた。

淡い茂みに鼻を擦りつけ、生ぬるく蒸れた汗とオシッコの匂いを貪り、舌を挿し入れると淡い酸味のヌメリが迎えた。

膣口から大きなクリトリスまで舐め上げて吸い付くと、

「アアッ……、いい……！」

亜利沙が熱く喘ぎ、身を弓なりに反らせて内腿を締め付けてきた。

星児は味と匂いを堪能し、さらに両脚を浮かせて尻の谷間に鼻を埋め、可憐な蕾に籠もる微香を嗅いでから舌を這わせた。

「あう……、いいから早く入れて……」

ヌルッと潜り込ませると亜利沙は呻き、肛門を収縮させて腰をくねらせた。

やがて彼は前も後ろも味わってから、前進して彼女の胸を跨ぎ、幹に指を添えて下向きにさせると先端を口に押し付けた。

「入れる前に舐めて濡らして」

言うと亜利沙も手早く上下の義歯を外してからパクッと亀頭を含み、熱い鼻息を弾ませながら顔を上げ、モグモグと根元まで呑み込んでいった。

唇の刺激と歯茎のマッサージ、舌の蠢きと唾液のヌメリに包まれ、

「ああ、気持ちいい……」

星児は真下からの熱い息を受けながら喘いだ。

しかし亜利沙は、唾液に濡らしただけですぐに口を離すと手早く義歯を装着し、挿入をせがむように股を開いてきた。

星児も股間に戻り、正常位で先端を膣口に押し当て、一気にヌルヌルッと根元まで挿入していった。

「アアッ、すごい……！」

亜利沙が顔を仰け反らせて喘ぎ、両手で星児の身体を引き寄せ、さらに彼の腰にまで両脚をからめてきた。

星児も身を重ねながら、きつい締め付けと熱い潤いを感じ、すぐにもズンズンと股間をぶつけるように激しく動きはじめた。

「あう、もっと……」

亜利沙も収縮を強め、大量の愛液を漏らして律動を滑らかにさせた。

「歯を外して……」

星児が快感に高まりながら囁くと、亜利沙は少しためらってから、手を当てて上下の義歯を外してくれた。口の中は滑らかな歯茎となり、彼は舌を這わせてヌメリを舐め取り、濃厚な吐息で鼻腔を満たした。

「い、いく……！」

たちまち彼は昇り詰めて口走り、ありったけのザーメンをドクドクと注入した。

「あう、熱いわ、いく……、アアーッ……！」

同時に亜利沙も、上下の前歯のない色っぽい口で喘ぎ、彼を乗せたままガクガクとブリッジするように腰を跳ね上げて反り返った。

星児は暴れ馬にしがみつく思いで、抜けないように動きを合わせて股間をぶつけ、肉襞の摩擦を味わいながら心ゆくまで快感を嚙み締めた。

最後の一滴まで出し尽くして動きを弱めていくと、

「アア……」

亜利沙も満足げに声を洩らし、力を抜いて放心状態になっていった。

それでもノロノロと義歯を装着しはじめた。やはり、歯のない口を見られたくないようだった。

星児は収縮の中で過敏にヒクヒクと幹を震わせ、刺激を含んだ亜利沙の吐息を嗅ぎながら余韻を味わったのだった。

2

「わあ、いいなあ。俺にもやらせろよ」

星児が亜利沙とラブホテルを出ると、ちょうど通りかかった巨漢が下卑《げび》た笑みで言った。派手な服を着た三十代の遊び人風だが、体重は百キロを軽く超えていそうなデブである。

二人は軽蔑の眼差しを向けると、すぐ踵《きびす》を返して一緒に歩きはじめた。

「おい待てよ、何だその目は！」

男が追い縋って言い、さらに自分を大きく見せようというのか、両手を上げて摑みかかろうとした。

星児は素早く右回し蹴りを繰り出したが、亜利沙も左回し蹴りを飛ばしていた。

二人の蹴りが奴の両脇腹に同時にめり込み、バキッと肋骨《ろっこつ》の砕ける音がした。

「むぐ……！」

巨漢は呻いて白目を剝き、膝から崩れて泡を吹きながらガクガクと痙攣した。幸い裏道で、他に通行人はおらず誰にも見られていない。

「行きましょう」

「うん。肋骨を二、三本折っちゃったようだ」

「そう。私は四、五本の手応え、いえ足応えがあったわ」

亜利沙が苦笑し、競うように言った。

「どっちにしろ、向こう数年はベッドの上で苦しみ続けるね」

「ダイエットにはいいと思うわ」

亜利沙が言い、やがて二人は駅前で別れ、星児もアパートへ戻った。

（さあ、残るはあと一人か……）

彼は思い、軽く夕食を済ませると明日に備えて早寝することにした。

もう六人もの人妻を抱き、すっかり女体への扱いに慣れた。

体力も金も超能力もあるので、もう大学は近々中退しようと思っていた。

あとは、これほど心地よい体験をさせてくれた吾郎に報《むく》いるため、彼の計画に力を貸すつもりである。

完全な健康体になっているので、眠れないことなどもなく、彼はぐっすりと七時間半眠り、すっきりと目覚めた。

もう大学のリモート授業など受けなくても、比呂子からもらった膨大な知識があるので、今さら勉強しなくても良いだろう。

少しネットを見て回り、インスタント食品でブランチを終えると、シャワーを浴びて念入りに歯磨きした。

するとタイミング良く、充電を済ませたスマホが鳴って麻衣からの連絡が入った。

昼過ぎ、待ち合わせの場所へ行って麻衣の車に乗り込むと、彼女は鎌倉方面に向かった。

「七人目は土井《どい》静香《しずか》、三十歳。どういう人？」

「静香さんは神社の娘で、元は巫女《みこ》として雅楽を担当していたの。五つ上の旦那は能楽師で結婚二年目。子供はいないわ。もう両親も亡くなっていて、お祖父ちゃんとも会っていないの」

星児が訊くと、麻衣が運転しながら今日も可憐な横顔で答えた。

「それで、彼女の能力は？」

「サイコキネシス」

「え……、念動力？」

「そう、最も強力なエスパーだわ。本人も自覚しているし、一瞬で人の心臓を止めることが出来るほどの力を持っているの」

「すごい……」

何やら、最も世界征服に近づくための力ではないか。

「もちろん本人は力を極力封印しているし、伝統芸能を守るための良き妻になっているだけ」

麻衣はそう言いながら運転を続け、やがて車は鎌倉アルプスと言われる天園《てんえん》の山奥に入った。

しばらく行くと、大きな和風の門構えがあり、車が近づくと音もなく門が開いた。

電動なのか、それとも静香の念で動かされたのかは分からない。

「じゃ一人で入って。私、何となく静香さんが恐いの」

麻衣が門前に車を止めて言い、星児は少し不安になりながら降りた。

「じゃ帰りは一人でお願い。明日には月影堂に来てね」

「うん、分かった」

彼が答えると、麻衣は門前でUターンして走り去っていった。

それを見送ると、とにかく彼は門から入って玄関に向かった。すると背後で、また音もなく門が閉ざされていった。

家は大きな平屋で、いかにも能楽師の家といった雰囲気で、中には稽古場などもあるのだろう。玄関脇から見える広い庭には四季折々の花や木々が植えられ、池や石灯《いしどう》籠《ろう》、鹿威《ししおど》しなどもあった。

「ごめんください」

声を掛けて玄関の引き戸を開けると、すぐに奥から静香らしい女性が出てきた。

清楚な和服姿に白足袋《たび》、腰まであありそうな長い黒髪は、時に日本髪に結うこともあるのだろう。

濃い眉に切れ長の眼差し、化粧しているのかどうか肌は白く唇が赤かった。

目を見張る美形なのだが、顔立ちが整いすぎて、何やら能面の小面《こおもて》のように無表情だった。

「土井静香です。伺っておりますので、どうぞ」

彼女が物静かに言うので星児も上がり込み、案内されるまま磨き抜かれた廊下を奥へ進んだ。

玄関の施錠などは、どうせ門が閉まっている以上大丈夫なのだろう。

誰もいないようで静まりかえっていた。廊下のあちこちには不気味な能面が掛けられている。

奥座敷に入ると、すでに床が敷き延べられているので、静香も全て承知しているようだった。

これから、この和風美女が抱けると思うと、星児もムクムクと勃起してきた。

この妖しくも清らかな雰囲気に呑まれることはない。彼もまた常人ではなくなっているのである。

心根を覗こうとしたが、静香は強い念でバリヤーを張っているようで、何も読み取れなかった。

静香が座ったので、星児も差し向かいに腰を下ろした。

床の間には掛け軸と一輪挿し、雪見障子《ゆきみしょうじ》からは庭が見え、初夏の陽が柔らかく射し込んでいる。

「私は父に会ったことはないし、会う気もありません」

静香が、正面からじっと星児を見つめて口を開いた。

「私の母も宮司の娘でした。母に手を出して孕《はら》ませた父に恨みはなく、私の両親はそれなりに幸福な一生でした。先年、同じ病《やまい》で一緒に逝《い》きましたが」

「そうですか……」

何と答えて良いか分からず、星児も曖昧に答えた。

「どういう経緯で、私に不思議な力が宿ったのかは不明ですが、私には不要のものです。主人も私の力は知りません。父の意図は分かりませんが、出来れば全て吸い取って頂きたい」

「分かりました。できる限りそのように努めます」

確かに、良妻として納まっているなら超能力は持ち腐れであろう。

「麻衣さんからの報せで、昨夜から入浴していないのが気になりますが、それが力を吸い取ることに必要ならば我慢致します」

「はい、では脱ぎましょうか」

星児が言うと、すでに覚悟を決めている静香も、足を崩して白足袋を脱いでから立ち上がり、慣れた手つきで帯を解きはじめた。

彼も手早く全裸になり、敷かれた布団に仰向けになった。もちろん彼自身は、期待と興奮でピンピンに突き立っている。

静香は、衣擦《きぬず》れの音を立てながら優雅な仕草で帯を落とし、紐を解いて着物を脱いでいった。

生ぬるく甘ったるい匂いが漂い、さらに襦袢《じゅばん》と腰巻も取り去ると、たちまち白い全裸が露わになり、静香は向き直って添い寝してきた。

肌は透けるように白く、乳房も意外に豊かで形良く、腰のラインや太腿も丸みを帯びて色っぽい肉づきをしていた。

星児は身を寄せ、甘えるように腕枕してもらった。

3

「ああ、いい匂い……」

星児は、和風美女の腋に鼻を埋め、生ぬるく蒸れて甘ったるい汗の匂いに噎せ返りながら言った。静香は、じっと息を詰めて仰向けのまま、何をされてもじっと身を投げ出していた。

彼は美女の体臭で胸を満たし、目の前で息づく乳房に手を這わせ、やがて顔を移動させてチュッと乳首に吸い付いた。

「く……」

静香が小さく呻き、ビクリと反応するとさらに濃い匂いが揺らめいた。

神秘の雰囲気を持つ美女だが、やはり性感や羞恥は人並みにあるようだ。

星児も次第にのしかかってゆき、左右の乳首を交互に含んで舌で転がし、顔中で膨らみの張りを味わった。

滑らかな肌を舐め降り、形良い臍を探り、下腹にも顔を押し付けて弾力を味わい、腰から脚へと舐め降りていった。

やはり、初めて触れる女性というのは新鮮な感覚で良いものである。

静香も、他の女性とは違う部分で肌を震わせたりするので、反応した部分を念入りに愛撫しながら足首まで下り、足裏に回って舌を這わせた。

どうせ心など読まなくても、夫は真面目なタイプで、シャワーを浴びる前の足指や股間など舐めたりしないような男だろう。

爪先に鼻を割り込ませて嗅ぐと、生ぬるい汗と脂に湿った指の股は蒸れた匂いが控えめに沁み付き、彼は貪りながらしゃぶり付いた。

「あう……！」

指の間に舌を挿し入れると、静香が身を強ばらせて呻いた。

順々に全ての指の股を舐め、両足とも味と匂いを貪り尽くすと、彼はいったん身を起こして彼女をうつ伏せにさせた。

踵からアキレス腱を舐めると、微かに靴擦れの痕があったが、彼が舌を這わせると急激に癒えていった。恐らく日頃は和装で、たまに洋装で靴を履いたため靴擦れしたようである。

脹ら脛からヒカガミ、太腿から形良い尻の丸みをたどると、彼は腰から滑らかな背中を舐め上げていった。

「アア……」

背中はくすぐったいらしく静香が顔を伏せて喘ぎ、彼も長い髪を掻き分け、甘い匂いを感じながら肩まで行った。耳の裏側を嗅ぐとやはり微かに蒸れた匂いが籠もり、彼は舌を這わせてから、再び背中を舐め降りた。

うつ伏せのまま股を開かせて腹這い、指で形良い尻の谷間をムッチリと広げると、可憐な薄桃色の蕾がひっそり閉じられていた。

彼は蕾に鼻を埋め込み、顔中に密着する双丘の弾力を味わいながら嗅いだ。

生ぬるく蒸れた秘めやかな匂いが鼻腔を悩ましく刺激し、彼は美女の匂いを貪ってから舌を這わせた。細かに息づく襞を濡らし、ヌルッと潜り込ませて滑らかな粘膜を探ると、

「く……!」

静香が呻き、キュッときつく肛門で舌先を締め付けてきた。

星児は淡く甘苦い粘膜を味わい、出し入れさせるように蠢かせてから、ようやく顔を上げた。

再び仰向けにさせ、片方の脚をくぐって股間に顔を寄せると、

「アア……」

割れ目に若い男の熱い視線と息を感じただけで、静香が熱く喘ぎ内腿で彼の両頬を挟み付けてきた。やはり慎ましやかな暮らしをしている静香にとって、明るい日中にするなど、初めてのことなのかもしれない。

見ると股間の丘には程よい範囲で恥毛が煙り、割れ目からはみ出した陰唇もヌラヌラと清らかな蜜に潤いはじめていた。

指で広げると、膣口の襞が息づいてポツンとした尿道口も見え、包皮を押し上げる

ようにツンと勃起したクリトリスも、程よい大きさで光沢を放っていた。

顔を埋め込み、茂みに鼻を擦りつけて嗅ぐと、生ぬるく蒸れた汗とオシッコの匂いが馥郁《ふくいく》と彼の鼻腔を掻き回してきた。

星児は匂いを貪りながら舌を挿し入れ、膣口を掻き回すと淡い酸味のヌメリが滑らかな感触を伝えた。

ゆっくりクリトリスまで舐め上げていくと、

「アァッ……！」

静香がビクッと顔を仰け反らせて喘ぎ、内腿に強い力を込めた。

彼はチロチロと弾くようにクリトリスを舐め、新たに溢れる愛液をすすり、悩ましい匂いに酔いしれた。

「い、入れて……」

彼女が息を弾ませてせがむと、星児もその気になって身を起こし、股間を進めていった。上品な静香に求められると、彼の興奮もゾクゾクと増していった。

先端を濡れた割れ目に擦り付け、充分に潤いを与えてから張り詰めた亀頭を膣口に押し込んでいった。

ヌルヌルッと肉襞の摩擦を受けながら、彼自身は滑らかに熱く濡れた肉壺《つぼ》に吸い込まれ、ピッタリと股間が密着した。

「あう……、すごい……」

静香が呻き、味わうようにキュッキュッと締め付けてきた。

初対面のときは能面のように無表情だったが、今は頬が紅潮し、長い睫毛が伏せられて眉をひそめ、形良い口を開いて喘ぐ表情は何とも艶めかしかった。

星児も温もりと感触を味わいながら身を重ね、胸で柔らかな乳房を押しつぶすと、静香も下からしっかりと両手を回して抱き留めてくれた。

動かなくても膣内の収縮が活発で、ややもすればヌメリと締め付けで押し出されそうになった。

相当な名器のようだが、これは持って生まれたものではなく、男が悦ぶので念の力で締め付けているのではないかとさえ思えた。

星児は抜けないよう股間を押しつけ、上から唇を重ねていった。

柔らかな感触と唾液の湿り気を感じながら舌を挿し入れ、滑らかな歯並びを左右にたどると、彼女も怖《お》ず怖《お》ずと歯を開いて侵入を許した。

舌を絡めると、生温かな唾液に濡れた舌が滑らかに蠢き、彼はチロチロと味わいながら徐々に腰を動かしはじめた。

「アア……、もっと……」

すると静香が口を離して喘ぎ、ズンズンと股間を突き上げてきた。

彼女の吐息は炎のように熱く、ほのかな湿り気には、香に似た上品に甘い刺激が含まれていた。

星児は静香の喘ぐ口に鼻を押し付けてかぐわしい吐息で胸を満たし、さらに律動を強めていった。

しかし、まだしゃぶってもらっていないので、ここで果てるのは惜しくなり、身を起こして動きを止めた。

「ね、一度お風呂場へ行きましょう」

言いながら引き抜いていくと、

「あう……」

快楽を中断された静香が呻き、支えを失ったようにグッタリとなった。

それを抱え起こすと、何とか彼女も気を取り直し、星児に摑まりながらそろそろと立ち上がっていった。

座敷を出て、支えながら二人で廊下を奥へ進むと、すぐ脇に風呂場があり、中に入るとすでに浴槽には湯が張られていた。

洗い場も広く、浴槽は豪華な檜《ひのき》造りである。

全て和風だが、もちろんシャワーはある。

しかし浴びる前に彼は床に座り、目の前に静香を立たせた。

「ね、オシッコ出して下さい」

腰を抱え、割れ目に鼻と口を押し当てながら言うと、静香はフラつきながら壁に手を突いて身体を支えた。

「どうして、そんなことを……」

「力を吸い取るのに必要なんです」

息を震わせて言う彼女に答えながら、星児は片方の足を浮かせて風呂桶のふちに乗せ、股を開かせた。

すると静香も息を詰め、懸命に下腹に力を入れて尿意を高めはじめた。

舐めていると柔肉が蠢き、温もりが変化してきた。

「く……、出る……」

静香が言うなり、チョロチョロと熱い流れがほとばしってきた。

舌に受けると、ほのかな匂いを含んだそれは淡い味わいで、心地よく喉を通過していった。

星児は上品な流れを飲み込み、やがて勢いがついて口から溢れてきた。

しかし、あまり溜まっていなかったか、すぐにも流れが治まると、彼は残り香の中で余りの雫をすすり、割れ目内部を舐め回した。

「ああ……、もうダメ……」

彼女が言って足を下ろし、木の椅子に座り込んだ。

ようやくシャワーの湯を出し、星児は身体を流したが、彼女はそのままで良いだろう。またすぐにも挿入するのだから、割れ目を洗うとせっかく溢れている潤いが消えてしまう。

女性の中には、挿入後のおしゃぶりを嫌う人がいるというのを聞いたことがあるので、自分のペニスだけはちゃんと洗った。

やがて立ち上がって身体を拭き、二人で再び座敷の布団に戻っていった。

4

「ね、入れる前にお口でして。ここから」

星児は仰向けになって言い、自ら両脚を浮かせて抱え、尻を突き出した。すると静香も屈み込み、厭わず尻の谷間に舌を這わせてくれたのである。

熱い鼻息で陰嚢をくすぐりながら、彼女はチロチロと肛門を舐め回し、自分がされたようにヌルッと潜り込ませてきた。

「あう、気持ちいい……」

星児は快感に呻きながら、モグモグと味わうように上品な和風美女の舌先を肛門で締め付けた。

きっと夫にもこんな愛撫はしていないのだろう。

それでも静香は内部で舌を蠢かせてくれ、彼は充分に味わってから両脚を下ろしていった。

静香もすぐに舌を引き離し、陰嚢を舐め回して睾丸を転がすと、前進してペニスの裏側をゆっくり舐め上げてきた。

滑らかな舌先が先端まで来ると、彼女は小指を立てた指でやんわりと幹を支え、粘液の滲む尿道口をチロチロ舐め回し、やがて丸く開いた口でスッポリと根元まで呑み込んでくれた。

喉の奥まで含むと、長い黒髪がサラリとカーテンのように彼の股間を覆い、内部に熱い息が籠もった。彼女は口で付け根を丸く締め付けて吸い、クチュクチュと舌をからめて唾液にまみれさせた。

「ああ……」

星児は喘ぎ、ズンズンと股間を突き上げはじめた。

「ンン……」

喉の奥を突かれた静香は小さく呻き、合わせて顔を上下させてスポスポと摩擦してくれた。

「い、いきそう、跨いで入れて……」

すっかり高まった星児が言うと、静香もスポンと口を離して顔を上げ、前進して股間に跨がってきた。そして唾液に濡れた先端に割れ目を当て、腰を沈めてヌルヌルッと膣口に受け入れていった。

「アア……、いい気持ち……」

股間を密着させて座り込んで彼女が喘ぎ、すぐにも身を重ねてきた。星児も両手で抱き留め、両膝を立てて尻を支えながら肉襞の摩擦と締め付けを味わった。

すると静香も彼の肩に腕を回し、肌の前面を密着させてきた。

乳房が押し潰れて心地よく弾み、彼が股間を突き上げると、

「あう、もっと強く……」

静香も腰を遣いながら呻き、上からピッタリと唇を重ねてきた。

星児は舌を絡め、熱く甘い吐息を嗅ぎながら動き続けた。溢れる愛液が律動を滑らかにし、互いの股間を生ぬるくビショビショにさせて、淫らな摩擦音が聞こえてきた。

すると、そのとき異変が起こったのだ。

（え？　どうなってる……？）

背中に当たっていた布団の感触が消え失せ、何だか正常位か女上位か分からない感覚になっていたのである。

（う、浮いてる……）

星児は気づき、二人が一つになりながら宙に舞っていることに気づいた。

恐らく、夫とのセックスではこうならないだろう。静香が自分の持つ不要な力を全て星児に与えようとして、気を込めた結果、こうなってしまったようだった。

それは何と奇妙な感覚であろうか。

宙に浮かびながら、上も下も分からぬ無重力セックスをしているのである。しかし酔うようなことはなく、むしろ全身が心地よい気分に包まれた。正に快楽とともに浮遊感が得られているのである。

さらに静香が両手ばかりでなく、両脚まで彼の腰にからめ、そのうえ彼女の長い黒髪がシュルッと彼の顔と肩までを繭《まゆ》のように包み込んだのだ。

「私がいくまで逃がさない……」

静香が口を離し、熱く甘い息で囁いた。

そして宙に舞いながらも激しく腰を遣い、心地よい摩擦が彼を包み込んだ。

星児も懸命に腰を突き動かしたが、膣内にあるペニスが力など入れないのに、先端が一部分だけを集中的に突きはじめたのである。

どうやら、そこが静香の最も感じる部分であり、彼女は念力で彼のペニスの動きまで操っているのだった。

「アア、そこよ、そこもっと突いて……」

静香が顔を寄せて熱く囁き、星児もかぐわしい吐息の匂いときつい締め付けに高まっていった。

「い、いく……、アアッ……！」

とうとう星児は昇り詰めて声を上げ、大きな快感に包み込まれた。

これで静香が果てなかったら、延々とペニスを操作され、オルガスムスを得るまで離してくれないのだろう。

しかし彼は勢いよくドクンドクンと熱いザーメンをほとばしらせると、

「い、いく……、気持ちいい……、ああーッ……！」

噴出を感じた静香も声を上ずらせ、ガクガクと狂おしいオルガスムスの痙攣を開始してくれたのだった。

収縮が増すと、彼は駄目押しの快感の中で腰を遣い、心置きなく最後の一滴まで出し尽くしていった。

「ああ……」

静香も満足げに声を洩らし、徐々に肌の強ばりを解いていった。

まだ収縮する膣内で彼がヒクヒクと過敏に幹を震わせると、静香が巻き付いていた長い髪を解き、からめていた両足を離した。

すると密着して浮遊していた二人の体が、ゆっくりと布団の上に降りていった。

背に布団の柔らかさが感じられ、同時に彼はのしかかる静香の重みと温もりを全身に感じた。

そして星児は、静香の吐き出すかぐわしい刺激の吐息を嗅ぎながら、うっとりと快感の余韻に浸り込んでいった。

静香も脱力して体重を預け、荒い息遣いを繰り返していたが、

「どうやら完全に力が抜けて、普通の女に戻ったようだわ……」

息を弾ませて言う。室内の何かを動かそうと念力を使ったが、もう動かなかったのだろう。

そして彼女は星児にもたれかかったまま、安心したようにいつしか軽やかな寝息を立てはじめたのだった。

5

「その道を真っ直ぐ行くと鎌倉宮だから、そこに駅行きのバス停があるわ」

「分かりました。じゃ失礼します」

静香に門の前で言われ、星児は辞儀をして答えた。そして門が閉まると彼は歩きはじめ、やがてバスで鎌倉駅に着いた。

(これで七つの力を持ってしまったか……)

そんな感慨に耽《ふけ》りながら、彼は思い立ってJRで上京した。

そして大学の事務局へ行って退学届を提出し、晴れてフリーの身となると、夜に湘南へ戻って少々豪華な夕食を外で済ませた。

豪華と言っても、ビール一本に蕎麦とミニカツ丼のセットである。

やがてアパートへ帰宅し、手を使わずに部屋の電灯のスイッチを入れてみると、果たして灯《あか》りが点いた。

便利だが、別に自分の手を使えば良いことである。

日常生活は今まで通りで、余程のこと、例えば誰かが車に撥《は》ねられそうになった時とかにだけ使えば良いだろう。

明日は久々に月影堂に行く予定だから、今夜も早めに寝ようかと思っていたら、二十八歳の母乳妻、初枝からラインが入った。

近くにいるので、これから行っても良いかというので、星児も寝しなの一回のため快諾した。久々に友人たちとの会食に出ていた帰りで、赤ん坊は夫の両親が来て見てくれているらしい。

待っていると、間もなく初枝が訪ねて来た。

いちいちアパートの場所など言わなくても、テレパスで互いの意識が感応しているので、最短距離で辿《たど》り着いたのだ。

「わあ、学生さんの部屋に入るなんて初めてよ」

上がり込み、室内を見回しながら初枝が甘い匂いを振りまいて言った。

「今日退学したので、もう学生じゃないです」

「まあ、辞めちゃったの。でも大丈夫そうね。前に見たときより、ずっと逞しい感じになっているから」

初枝が、彼をまじまじと見て言った。

「それより、またアフリカのご主人にDVDを送るんですか」

「しばらくは前に送った分で充分だと思うけど、そのうちまた色々要求を書いた手紙が来るわ。そのときはまた手伝ってね」

彼女が言うので、星児は勃起しながら服を脱ぎ去り、全裸になって万年床に仰向けになった。

「もうそんなに勃って……」

初枝は頼もしげに言いながら、自分も手早く脱いでいった。

そして全裸になって屈み込むと、いきなり彼のペニスにしゃぶり付いてきた。

「アア……」

星児は唐突な快感に喘ぎ、豊満妻の温かな口の中でヒクヒクと幹を震わせた。

初枝も喉の奥まで呑み込んで吸い付き、熱い息を股間にからませながらネットリと舌をからませてきた。

さらに顔を小刻みに上下させ、スポスポと強烈な摩擦を繰り返し、やがて充分に唾液にまみれさせると、スポンと口を離して添い寝してきた。

「あまり遅くなれないの。だから、すぐ入れてほしいわ……」

仰向けになって言うので、入れ替わりに身を起こした星児は、まず彼女の爪先に鼻を割り込ませ、ムレムレの匂いを貪った。

やはり、ここは嗅いだり舐めたりしなければいけない場所である。

初枝は外出し、久々に友人たちと飲み食いして歩き回ったようで、前の時より蒸れた匂いが濃厚に沁み付いて鼻腔を刺激してきた。

両足とも充分に嗅いでしゃぶり、味と匂いを堪能してから股を開かせ、脚の内側を舐め上げて股間に迫った。

白くムッチリした内腿をたどり、熱気の籠もる股間に顔を寄せて指で割れ目を広げると、すでに息づく膣口には白っぽく濁った愛液が滲んでいた。

顔を埋め込み、柔らかな恥毛に鼻を擦りつけて嗅ぐと、今日も汗とオシッコの蒸れた匂いが濃く籠もり、彼は鼻腔を刺激されながら舌を這わせていった。

膣口の襞を掻き回し、淡い酸味のヌメリを貪ってから、ツンと突き立ったクリトリスまで舐め上げていくと、

「アアッ……、いい気持ちよ。早く入れて……」

初枝がヒクヒクと下腹を波打たせて言い、彼も味と匂いを堪能した。

もちろん挿入の前に、彼女の両脚を浮かせ、レモンの先のように突き立った色っぽい蕾に鼻を埋め、蒸れた微香を貪ってから舌を這わせた。

ヌルッと潜り込ませて滑らかな粘膜を舐め、甘苦い微妙な味覚を探った。

「あうう、そんなところはいいから……」

初枝が嫌々をして言う。

やがて足と股間の前と後ろを味わった星児も、身を起こして股間を進めた。

そして幹に指を添えて先端を割れ目に擦り付け、ゆっくり膣口へと挿入していった。

「アア……、いいわ、奥まで感じる……！」

ヌルヌルッと根元まで押し込むと、初枝が顔を仰け反らせて喘ぎ、両手を伸ばしてきた。星児も温もりと感触を味わいながら股間を密着させ、豊かな柔肌に身を重ねていった。

まだ動かず、屈み込んでチュッと強く乳首に吸い付くと、うっすらと甘い母乳が生ぬるく滲んできた。

「もうあまり出ないのよ……」

初枝も言いながら、自ら巨乳を揉みしだいて分泌を促してくれた。

確かに出は悪くなっており、膨らみも張りより柔らかさが満ちているので、そろそろ出なくなる時期なのだろう。

それでも彼は左右の乳首を吸って舌で転がし、僅かに滲む雫を舐め、甘ったるい匂いで胸を満たした。

両の乳首を味わうと、さらに腋の下にも鼻を埋め込み、柔らかな腋毛に鼻を擦りつけ、甘ったるく蒸れた汗の匂いに噎せ返った。

「ああ……、突いて、強く何度も奥まで……」

初枝が膣内を収縮させながら言い、待ち切れないようにズンズンと股間を突き上げてきた。

星児も合わせて腰を突き動かし、何とも心地よい肉襞の摩擦と締め付けの中で高まっていった。上からピッタリと唇を重ね、舌を挿し入れてからみつけると、

「ンンッ……」

初枝も舌を蠢かせ、熱く鼻を鳴らしながら収縮を活発にさせていった。

「い、いきそうよ……」

やがて絶頂を迫らせた初枝が、淫らに唾液の糸を引きながら口を離し、彼を乗せたまま何度か腰を跳ね上げて反り返った。

喘ぐ口に鼻を押し込んで嗅ぐと、熱い息は花粉のような匂いに、会食の名残である淡いオニオン臭の刺激も含んで、彼の鼻腔を悩ましく掻き回してきた。

美人妻の吐息で鼻腔と胸を満たし、いつしか星児は股間をぶつけるように腰を突き動かした。ピチャクチャと摩擦音が響き、それに混じって肌のぶつかる音も淫らに混じって聞こえた。

「しゃぶって……」

囁くと、初枝も舌先で彼の鼻の穴を舐めて生温かな唾液にヌメらせ、惜しみなく熱い息を与えてくれた。

星児も人妻の唾液のヌメリと息の匂いに高まり、激しく腰を突き動かすと、

「い、いっちゃう……、アアーッ……！」

たちまち初枝が熱く声を震わせ、ガクガクと狂おしいオルガスムスの痙攣を開始してしまった。

その収縮に巻き込まれ、続いて星児も激しく昇り詰め、

「いく……！」

快感に口走るなり、ありったけの熱いザーメンがドクンドクンと柔肉の奥に勢いよくほとばしった。

「あう、いい……！」

噴出を感じ、彼女は駄目押しの快感に呻いて締め付けを強めた。

星児も心ゆくまで快感を味わい、最後の一滴まで出し尽くしていった。

満足しながら徐々に動きを弱め、力を抜いて柔肌にもたれかかっていくと、

「ああ……」

初枝も肌の硬直を解いて声を洩らし、グッタリと身を投げ出していった。

息づく膣内で幹がヒクヒクと過敏に跳ね上がると、

「も、もう堪忍……」

彼女も感じすぎるように息を詰めて言った。

そして星児は体重を預け、かぐわしい刺激の吐息を胸いっぱいに嗅ぎながら、うっとりと快感の余韻を味わったのだった……。


——翌朝、星児はいつもどおりに起き、顔を洗って朝食の仕度をした。

昨夜は、事後、初枝はシャワーを浴びて満足して帰っていった。

星児は、今日は以前バイトしていたときと同じように、午前中の出勤に合わせて月影堂へ行くつもりだった。朝食を済ませるとシャワーを浴びて歯磨きを済ませ、着替

えて出る仕度をした。

バイトなら店でブランチが食えたが、今は営業しているかどうか分からないので朝食を済ませたのである。

バイトに行かないようになってから、一週間ぶりだ。

その七日間で七人の人妻を相手にし、一週間で自分の運命もすっかり変わってしまった。

何しろ七つの超能力を身に付け、様々な年代の女体の扱いにもすっかり慣れて、大学生の身分を捨てて預金も増え、何も恐くなく、何でも出来る男になってしまったのである。

今日、吾郎と色々話し合い、それで進路が決まるなり、住まいを替えるなりすることになったら、あらためて故郷の親に報告しようと思っていた。

(一体、どんな運命が待っているんだろう……)

星児は思い、やがてアパートを出て月影堂まで歩いた。

やはり営業中の札は出ていないが、ドアは開いていた。

「おお、来たか、コーヒーを淹れてくれ」

「はい」

久々に会う吾郎が、いつもの作務衣姿に丸メガネで言い、星児も今まで通りエプロンをしてカウンターに入り、甲斐甲斐しく湯を沸かしてコーヒーの準備をした。

「今まで、店は開けていたんですか？」

「いや、締めてた。今日も開ける気はない」

訊くと、吾郎が答えてタバコをふかした。

「それより、七人の女はどうだった」

「はあ……、おかげさまですっかり……」

吾郎に訊かれ、星児は何とも曖昧に答えた。男同士で決まりが悪いし、ある程度のことは麻衣から報告を受けていたのだろう。

「わしの養子になる話に異存はないか」

「ええ、ここまで力を付けてくれたのですし、もともと家の仕事には関係のない次男ですから」

言われて、星児も素直な気持ちで答えた。

「そうか。まあ、間もなく麻衣が来るからな。そうしたら今後のことを話そう」

「はい」

星児は答え、二人分のコーヒーを淹れて吾郎に差し出し、自分も久しぶりにブラックコーヒーをすすった。見ると、吾郎はコーヒーを飲みながら一服し、七人の名の書かれたメモを広げていた。
そう、星児にとっては忘れられない、そしてこれからも縁のある女性たちである。

日野麻衣、十八歳、人に好かれ、人の能力を吸収する力。
月岡友里子、三十九歳、傷や痛みを治癒する力。
火村亜利沙、二十三歳、抜群の運動神経と格闘技の才能。
水沢初枝、二十八歳、テレパス。
木田比呂子、三十歳、絶大な知力、語学力、メカの知識。
金山怜子、三十五歳、金運と未来予知能力。
土井静香、三十歳、サイコキネシス。
偶然にも姓の頭文字が七曜星になっているが、では星児は何の星なのだろうか。
あるいは暗黒星か、七曜を駆け巡る流れ星かもしれない。
と、そのときカランとドアベルが鳴って、麻衣が店に入ってきた。
そう、最初に彼女に会ったのも、こんな感じで、全てはそこから始まったのだ。

この美少女の若妻は、何といっても星児にとって最初の女性なのだから思い入れは強かった。

「おお、では話そうか」

麻衣が椅子に座ると吾郎が言い、やがて吾郎の度肝《どぎも》を抜く話が始まったのだった。

第六章　新たなる淫らな指令を

1

「わしは元々、淫気が強いばかりで何の個性もない、冴えないライターだった」

吾郎が話しはじめ、星児と麻衣は神妙に聞き入った。

「ただ女性運だけには恵まれ、順々に付き合うようになり、そのたび、気を込めて射精すると命中し、そこで出来た子は何らかの力を秘めるようになった。さらに次の代、例えば麻衣などは友里子の治癒能力以上に、人を幸せにする力を持つようになり、さらに進化を遂げているのだ」

吾郎がそう語る。彼自身、様々な能力への強い願望があり、その気が込められ、女性の子たちが力を持つようになったのだろう。

では、恐らく初枝の赤ん坊なども、母親以上の力を持って成長するに違いない。

「結論から言おう。星児、お前はこの麻衣を孕ませるのだ」

「え……」

いきなり言われ、星児は目を丸くした。

「七つの力を持ったお前の種が、麻衣に宿れば、出来る子は新人類となろう。それがやがては世界を制覇することになる」

してみると、世界征服は星児の役割ではなく、さらに完璧になったその子供ということらしい。

「すでに麻衣は、夫との性交渉はない。近々離婚させ、星児は麻衣が孕んだら一緒になってわしの夫婦養子になる。どうだ」

「ど、どうと言われても、麻衣ちゃんが……」

星児は麻衣を見たが、彼女は明るい笑みを浮かべ動揺の色も見せていない。

「それで構わないわ。お祖父《じい》ちゃんが言うのなら」

麻衣が言う。どうやら麻衣は、全面的に吾郎を信奉しているようだった。だからこそ、今回星児の補佐を務めてくれたのだろう。

「どう？　星児さん」

「ま、麻衣ちゃんがそれでいいのなら、僕に異存はないよ」

星児も答えた。これほどとびきりの美少女なら、例えバツイチであっても妻にすることに問題はない。

「よし決まった。では星児は、まず麻衣に気を込めて命中させろ。あとは、持った能力で金を貯め、残りの人妻たちとも性交し孕むよう努めるのだ。まだまだ皆、子を生むことが出来るだろう」

吾郎に言われ、大変に心地よい役割を与えられて期待に胸が躍った。

それぞれに子が出来て成長すれば、みな星児の強力な意識に感応し、順々に重要なメンバーになってゆくに違いない。

もう四十歳近い友里子や、三十五歳になっている怜子でも、タイミングさえ合えば孕むかもしれない。もしも友里子に子が出来たら、麻衣よりも、ずいぶん年の離れた弟か妹になるだろう。

「よし、では早速子作りにかかれ！」

吾郎が全軍の大将のように力強く言うと、麻衣が立ち上がった。

「行きましょう、星児さん」

「う、うん……」

彼も立ち上がり、促されるまま吾郎に一礼し、麻衣と一緒に店を出たのだった。

車に乗り、エンジンを掛けながら麻衣が言った。

「何か、してみたいことはある？」

「う、うん、もし高校時代の制服でもあるなら、それを着てほしいんだけど」

「あるわ、じゃ途中で実家に寄るから」

麻衣が言い、まずは友里子のいる月岡家へと向かった。

「ほ、本当にいいの？　新婚なのに別れるとか……」

「ええ、うちの人も仕事に夢中だし。急いで結婚したけど、意味がないことに気づきはじめているので」

「それにしたって、大きな理由がなければ離婚なんて……」

「それは星児さんの役目。強力なテレパスなんだから、誰か女性に主人を誘惑させて妊娠でもすればすんなり別れられるわ」

確かに、旦那の方に原因を作ってしまうという、そういう手はある。それに星児の能力なら、単に相手の心根を読むばかりでなく、操作することも可能ではないかと思っていた。

いや、それよりも麻衣は夫への愛情とかはないのだろうか。

あるいは人を幸せにする力のある彼女は、求められるまま結婚して相手を喜ばせたが、相手が冷めてしまったので、あっさり別れられるのかもしれない。

やがて月岡家に着いて車を降りた麻衣は、彼を待たせたままチャイムを鳴らした。

しかし友里子は買い物にでも行っているようで不在らしく、麻衣は合い鍵で家へと入った。

しばらく待っていると、麻衣は紙袋を下げて出てきて、施錠して車に戻った。

再びスタートし、海岸沿いにあるマンションに行き、五階の部屋に上がった。

夫は今日も、仕事に夢中で帰宅しないらしい。

「比呂子先生との三人も楽しかったけど、やはり二人きりの方がドキドキするわね」

「うん……」

「もうピルも止めているし、今日あたり危険日だから、星児さんの気を込めれば命中するわ」

麻衣が、服を脱ぎながら言う。

どんな重々しい話題でもあっけらかんと言うので、何やら本当に些細《ささい》なことに拘《こだわ》らない天真爛漫《てんしんらんまん》さがあり、そんな彼女を天使というのかもしれないと彼は思った。

星児も手早く脱ぎ去り、全裸になって麻衣の匂いが濃厚に沁み付いたベッドに横たわった。

麻衣もためらいなく一糸まとわぬ姿になると、紙袋の中身を出した。

「まだ入るかな……」

呟きながら彼女は、まず濃紺のスカートを穿いて脇ホックを留めた。

高校を卒業して二ヶ月余りで、体型も変わっていないだろうから入らないわけがない。

そして麻衣は、白い長袖《そで》のセーラー服を着た。袖と襟《えり》は濃紺で、白線が三本入っている。白いスカーフを胸元でキュッと締め、セミロングの髪をふわりと掻き上げるとたちまち彼の目の前に可憐な女子高生が現れた。

「わあ、可愛い……」

横になって見ながら、思わず星児は歓声を上げた。もちろん彼自身は、はち切れそうに勃起していた。

「何だか恥ずかしいな……」

「こっちへ来て」

モジモジと言う麻衣を呼ぶと、彼女もそろそろとベッドに上がってきた。

「じゃここに座ってね」

星児が下腹を指して言うと、麻衣も素直に跨がり、裾をからげてしゃがみ込んでくれた。そして座り込むと、ノーパンだから直に割れ目が彼の下腹に心地よく密着してきた。

「僕の顔に両足を伸ばして」

さらに言い、立てた両膝に麻衣を寄りかからせると、彼女もそろそろと両脚を伸ばし、両の足裏を星児の顔に乗せてくれた。

「ああ、気持ちいい……」

星児は、まるで人間椅子にでもなったように、制服美少女の全体重を受け止めて喘いだ。

彼女がバランスを取ろうと腰をよじるたび、濡れはじめた割れ目が下腹に擦られ、腹と顔に心地よい重みと温もりが感じられた。

両の踵から土踏まずに舌を這わせ、縮こまった指の間に鼻を押し付けると、生ぬるく汗と脂に湿って蒸れた匂いが悩ましく鼻腔を刺激してきた。

星児は美少女の足の匂いを貪り、それぞれの爪先にしゃぶり付いて、全ての指の股に舌を割り込ませて味わった。

「あん……」

麻衣が声を上げ、密着する割れ目の潤いを熱く増していった。

やがて星児は両足とも味と匂いを堪能し尽くすと、麻衣の両足首を握って顔の左右に置いた。

「じゃ顔に跨がって」

言うと麻衣も腰を浮かせて前進し、彼の顔の上で和式トイレスタイルになってしゃがみ込んだ。M字になった脚がムッチリと張り詰め、濡れてぷっくりした割れ目が鼻先に迫った。

「アア……、何だか、すごくドキドキするわ……」

麻衣が息を弾ませて言った。制服姿ということもあるのか、処女の頃の気持ちに戻り、羞恥が増しているのかもしれない。

星児は指で陰唇を広げ、実際は快楽を知っている膣口を見上げ、潤いが充分なことを確認した。ポツンとした尿道口もキュッと引き締まり、光沢あるクリトリスがツンと突き立っていた。

腰を抱き寄せ、恥毛の丘に鼻を埋め込んで嗅ぐと、生ぬるく蒸れた汗とオシッコの匂い、それにほのかなチーズ臭も混じって鼻腔を搔き回してきた。

星児はうっとりと胸を満たし、舌を挿し入れて淡い酸味のヌメリを搔き回した。

そして息づく膣口から、滑らかな柔肉をたどって味わいながら、ゆっくりとクリトリスまで舐め上げていった。

2

「アアッ……、いい気持ち……！」

麻衣がビクリと反応して喘ぎ、座り込みそうになって両足を踏ん張った。

星児はチロチロとクリトリスを舐めては、揺らめく蒸れた匂いを貪り、大量に溢れる蜜をすすった。

ただ顔中を濃紺のスカートが覆っているので、生ぬるい熱気が籠もるのは良いが、彼女の表情は見えなかった。

さらに尻の真下にも潜り込み、顔中を弾力ある双丘に密着させ、谷間の蕾に鼻を埋め込んで嗅ぐと、やはり蒸れた匂いが悩ましく籠もっていた。

星児は匂いを貪ってから舌を這わせ、細かに震える襞を濡らしてからヌルッと潜り込ませ、滑らかな粘膜を探った。

「あう……」

麻衣も呻き、キュッキュッときつく肛門で舌先を締め付けてきた。

彼は執拗に舌を蠢かせ、甘苦い味覚を堪能し、やがて愛液が大洪水になっている割れ目に戻っていった。

ヌメリを掬い取ってからクリトリスに吸い付くと、

「く……、漏れちゃいそう……」

麻衣が言う。この体勢の上、強く吸われて尿意を催したのだろう。

「いいよ、出しても」

「ここで……？」

「うん、決してベッドを濡らしたりしないから安心して」

彼が言うと、麻衣もその気になってベッドの柵に摑まり、息を詰めはじめた。

今の星児は絶大な力を秘めているので、仰向けでも噎せずに全て飲めるだろう。

待ちながら舐め回していると、たちまち柔肉が迫り出すように盛り上がり、温もりと味わいが変わってきた。

「あう、出ちゃう……」

麻衣が言うなり、チョロチョロと熱い流れがほとばしって彼の口に注がれてきた。

星児も必死に受け止め、味わう余裕もなく喉に流し込んでいった。

「アア……、こんな所でするなんて……」

麻衣は声を震わせ、勢いを増して彼の口にゆるゆると放尿した。

溢れそうになったが、辛うじて流れが弱まり、彼は一滴もこぼさず全て飲み込むことが出来たのだった。

ポタポタと滴る余りの雫をすすりながら割れ目内部を舐め回すと、すぐにも新たな愛液が溢れてきて舌の動きが滑らかになり、残尿よりも淡い酸味のヌメリが満ちていった。

彼が残り香の中で潤いをすすり、クリトリスに吸い付くと、

「あう、もうダメ……」

麻衣が言ってビクリと股間を浮かせ、そのまま仰向けの彼の上を移動していった。

大股開きになると彼女が真ん中に腹這い、星児が両脚を浮かせると、厭わず尻の谷間を舐め回してくれた。

チロチロと滑らかな舌先が肛門を這い回り、ヌルッと潜り込むと、

「く……、気持ちいい……」

星児は呻き、モグモグと肛門で美少女の舌先を締め付けた。

麻衣も熱い鼻息で陰嚢をくすぐりながら、内部で舌を蠢かせた。

そのたび、内側から刺激されたペニスがヒクヒクと上下し、先端からヌラヌラと粘液を滲ませた。

脚を下ろすと、麻衣も自然に舌を引き離して陰嚢を舐めた。そして二つの睾丸を念入りに舌で転がし、袋全体を生温かな唾液にまみれさせると、いよいよ前進してペニスの裏側を舐め上げてきた。

滑らかな舌先が先端まで来ると、彼女は幹を指で支え、チロチロと粘液に濡れた尿道口を舐め回し、張り詰めた亀頭をしゃぶって、スッポリと喉の奥まで呑み込んでいった。

そして丸く開いた口で幹を締め付けて吸い、熱い息を股間に籠もらせながら、口の中ではクチュクチュと満遍なく舌をからみつけてきた。

生温かく清らかな唾液にまみれた幹を震わせ、恐る恐る股間を見ると、セーラー服姿の可憐な美少女が、上気して笑窪の浮かぶ頬をすぼめて吸い付いている。

しかし、これが人妻なのだから、快感の中でも頭が混乱するようだ。

「いきそう、跨いで入れて……」

充分に高まった彼が言うと、麻衣はチュパッと口を離して顔を上げた。

身を起こすと自分から前進し、彼の股間に跨がった。

そして麻衣は裾をめくって先端に濡れた割れ目を押し当て、指を添えてゆっくりと膣口に受け入れていった。

ヌルヌルッと滑らかに根元まで嵌《は》まり込むと、

「アアッ……！」

麻衣が顔を仰け反らせて喘ぎ、ピッタリと股間を密着させてきた。

星児もきつい締め付けと熱い温もり、肉襞の摩擦と潤いを感じながら、快感に内部でヒクヒクと幹を震わせた。互いの密着した股間を、ふんわりと濃紺のスカートが覆って温もりが籠もっていく。

しかも上体を起こしているので、可憐なセーラー服をよく眺めることができた。

何といっても、これはコスプレではない。彼女が実際に二ヶ月余り前まで毎日着て、尻もすり切れている本物の制服である。

「おっぱいを出して」

言うと麻衣もセーラー服の裾をたくし上げ、張りのある乳房をぷりんと弾むようにはみ出させてくれた。

彼は両手を伸ばして抱き寄せ、膝を立てて丸い尻を支えた。

顔を上げ、潜り込むようにして薄桃色の乳首をチュッと吸い、舌で転がしながら顔中で膨らみを味わった。

「ああ……、いい気持ち……」

麻衣が乳房を震わせて喘ぎ、膣内もキュッキュッと締まってペニスが刺激された。

星児は左右の乳首を味わい、さらに乱れた制服に潜り込み、腋の下にも鼻を埋め、甘ったるく蒸れた汗の匂いを貪った。

すると、待ち切れないように麻衣が徐々に腰を動かしはじめた。

彼も股間を突き動かすと、すぐにも大量の愛液で動きが滑らかになり、スカートの中でクチュクチュと淫らな摩擦音が響いた。

「アア、いきそうよ。星児さんも、命中するように気を込めて……」

麻衣が口走って収縮を活発にさせた。全面的に吾郎の言いつけを守り、この一回で受精するつもりでいるのだ。

星児も突き上げを強めはじめ、下からピッタリと麻衣に唇を重ねた。

舌を挿し入れて滑らかな歯並びと、八重歯を探ると、麻衣も歯を開いてネットリと舌をからめてきた。

そして彼が好むのを知っているので、トロトロと唾液を注ぎ込んでくれた。

星児は、生温かく小泡の多い美少女の唾液を味わい、うっとりと喉を潤しながら幹を震わせた。

「ああ……、いい……」

麻衣が口を離して喘ぎ、彼は美少女の熱く湿り気ある吐息を嗅ぎ、甘酸っぱい果実臭の刺激で鼻腔を満たしながら高まっていった。

「嚙んで……」

頰を押し当てて言うと、麻衣も彼の治癒能力を知っているので、キュッキュッと咀嚼するように強く嚙み締めてくれた。

「ああ、いきそう……」

星児も甘美な刺激に喘ぎ、もう片方の頰や唇、首筋も強く嚙んでもらった。

「しゃぶって」

さらにかぐわしい口に鼻を押し込んで言うと、麻衣もヌラヌラと舌を這わせ、惜しみなく清らかな吐息と唾液を与えてくれた。

たちまち星児は高まり、美少女の匂いと締め付けの中、激しい絶頂の快感に全身を貫かれてしまった。

「い、いく、気持ちいい……！」

彼は思いきりドクドクと射精しながら口走り、これが命中するようにと強い気を込めた。

「あう、感じる、すごいわ……、アアーッ……！」

奥深い部分にザーメンの熱い噴出を感じると、彼女もザーメンを飲み込むようにきつい収縮を繰り返しながら喘ぎ、ガクガクと狂おしいオルガスムスの痙攣を繰り返したのだった。

星児は快感を嚙み締め、心置きなく最後の一滴まで出し尽くし、満足しながら徐々に突き上げを弱めていった。

「アア……、気持ち良かったわ……」

麻衣も満足げに声を洩らすと、肌の硬直を解きながらグッタリともたれかかり、遠慮なく体重を預けてきた。

「命中したみたい。きっとそうだわ……」

彼女が荒い息遣いで確信したように囁き、なおもキュッキュッときつく膣内を締め付けた。

その刺激で、射精直後で過敏になった幹がヒクヒクと内部で跳ね上がり、彼も本当に自分の子が着床したのではないかと思った。

そして彼は制服美少女の重みと温もりを受け止め、甘酸っぱい息の匂いで鼻腔を満たしながら、うっとりと快感の余韻に浸り込んでいったのだった。

「しばらく乗ったままでいい？」

「うん……」

重なった麻衣が囁き、彼も答えながら、何度か名残惜しげに幹を上下させた。

それでも徐々に萎えてくると、締め付けとヌメリで押し出され、とうとう彼自身はツルッと抜け落ちてしまった。

麻衣はそのままもたれかかり、いつまでも彼の上で呼吸を整えていたのだった。

3

（一度、麻衣の旦那に会った方がいいのかな……）

アパートに戻った星児は、そう思った。

やはり誰かしら女性に誘惑させて離婚原因を作るにしろ、本人に会わないとイメージが湧かない。もっとも会ってしまったら彼が気の毒で、力が発揮できないかもしれないのだが。

しかし、そんなことを考えているときに麻衣から電話が入ったのだった。

「どうした？」

「今うちの人から連絡があって、好きな人が出来て妊娠させてしまったから、別れて欲しいって言ってきたわ。慰謝料はいくらでも出すからって」

「何だって？」

あまりのタイミングに、星児は目を丸くした。

しかし、それなら妊娠二ヶ月にしても、夫は麻衣と結婚するかしないかの頃から別の女性とセックスしていたことになる。

だったら、いかに星児が人妻である麻衣と肌を重ねても、それ以前から夫はしていたのだから、彼のほうが罪は深いだろう。

いや、もしかしたら過去すらも、星児の絶大な力が働き、上手く操作されているのではないか。

そして重大なことを報告する麻衣の声も、何やら平然として、ショックを受けた様子は感じられなかったのだ。そもそも若すぎるスピード婚だったから、今までの結婚生活すら、麻衣は大して実感していなかったのかもしれない。

「じゃ、僕が彼に会う必要もないか……」

「ええ、これからママと一緒に良いように対処するので」

麻衣は、そう言って電話を切った。

　麻衣の夫も結婚二ヶ月で離婚し、別に孕ませた女性と再婚ということになると、エリート社員としての将来には、確実に傷が付くのではないか。

友里子のほうは吾郎の娘だから、すでに麻衣が星児と一緒になることを想定しており、それほどのショックは受けていないかもしれない。

あとは友里子と麻衣で、そこそこの慰謝料を取って何事もなく収まるのだろう。

そして麻衣の妊娠が分かっても、もう元夫に報せる義務はない。

そうなると、星児と麻衣との結婚と、吾郎への養子縁組も、そう遠くない話になりそうだった。

元夫が、あのマンションを麻衣に譲るとしたら、星児もそこへ住むことになるのかもしれない。

星児から、あまりに急展開な報告を聞いた両親は驚くことだろう。とにかく、これから目まぐるしい日々になることは間違いない。

二年以上住んでいるこのアパートも、近々引き払うことを大家に言っておいた方が良いかもしれない。

と、そこへ今度は富豪の怜子からラインが入り、

「明日、屋敷から人が出払うので、パーティをするの。呼ぶのは麻衣さんから教えてもらった私の異母姉妹たちよ。全部で五人。もちろん星児さんもランチの時間から来て」

という内容だった。

五人というと、友里子と麻衣の母娘を除いた五人の人妻たちであろう。それが余人を交えず集まろうというのだ。日月を除いた五つの星である。

しばし友里子と麻衣は忙しくなるので、これも絶妙のタイミングである。とにかく星児には、その五人も孕ませるようにという吾郎の指令があるのだ。

どんな展開になるのか分からないが、もちろん彼は期待に胸を高鳴らせ、承諾の返信をしておいたのだった。

そして友里子と麻衣にも、一応その旨をラインしておいたが、母娘とも今後の対処に忙しくなるので、「どうぞ楽しんで」という返事が来ただけであった。

その夜は一人で過ごし、星児は今後のことを考えながら、明日に備えて眠ったのだった。

翌朝、意外に寝過ごしてしまったが、ランチに呼ばれているので星児は飯を抜きにして、シャワーと歯磨きだけしてアパートを出たのだった。

（車が欲しいな……）

電車で、茅ヶ崎にある怜子の屋敷へ向かいながら星児は思った。もう車もバイクも比呂子にもらった知識で今すぐにでも運転出来そうだが、面倒でもやはり免許は取らなければならない。

やがて屋敷の門前に行くと、すぐにも門が開かれた。

星児が入ると後ろで門が閉まったので、どこからか見て怜子が操作しているのか、あるいは初枝がテレパシーで怜子に教えているのかもしれない。

すると玄関が開き、ドレス姿の怜子が迎えてくれた。

「いらっしゃい。もうみんな揃っているわ」

「ええ、お邪魔します」

星児は答えて上がり込み、広いリビングに行くと、もう数々の料理も揃い、面々が集まっていた。

亜利沙、初枝、比呂子、静香、そして怜子である。全員が深い仲だが、一堂に会して視線を向けられると、全知全能に近い星児も、童貞時代の名残で顔が熱くなってしまった。

「星児さんはここへ座って」

怜子に言われて星児が空いた席に座ると、もう一同は始めていたらしく、彼のグラスにビールを注いでくれた。

「いちいち紹介しなくても知ってるわね。五人とも月影吾郎の娘で異母姉妹たちよ」

「ええ……、みんなは、初対面なんですか？」

「ううん、今まで何度かは麻衣ちゃんを通じて知っているけど、五人いっぺんに集まるのは初めてのことだわ」

怜子が言い、星児が来たので一同は軽く乾杯した。

今日は怜子の親も夫もメイドたちも居らず、夜まで誰も屋敷に帰ってこないようだった。

そして初枝も、夫の親に赤ん坊を預けてきたらしく、みな余所《よそ》行きの服装に薄化粧を施し、静香は清楚な和服姿で髪もアップに結っていた。

彼はビールで喉を潤し、チキンやサンドイッチなどをつまんで腹を満たした。

もちろん怜子が作ったものではなく、メイドが仕度してから出かけ、あとは取り寄せたものらしいが、どれも豪華なものだった。

「友里子さんと麻衣ちゃんもお誘いしたのだけど、何だか急な離婚騒動で時間が取れないとのことだったの」

怜子が言うと、初めて聞いたらしい他の女性が囁き合った。

「離婚って、まさか友里子さんじゃなく麻衣ちゃんの方よね？　まだ新婚二ヶ月でしょう」

「旦那が浮気して子供が出来たらしいわ。でも彼の家は金持ちだから、うんと慰謝料がもらえるでしょう」

皆が口々に言い、やがて女王然とした怜子が口を開くと一同は黙った。

友里子がいないので、ここでは三十五歳の怜子が最年長だし、場所も提供しているから、そんな立場になっていた。

「それでね、みんなで星児さんの話をしながら決めたことがあったの。この五人は、旦那に内緒で星児さんの子を生もうって」

「え……！」

怜子の言葉に、他の四人も熱っぽい眼差しを星児に向け、彼は驚いて絶句した。

何もかも吾郎の思惑通りで、これは星児の無意識による操作ではなく、何か大いなる意思が働いているような気がした。

「だから、今日は五人の中に放ってもらうわ。受精したいのでお口に出すのは無し。夕方までに五回ぐらい出来るわよね？」

怜子が言い、皆も食事しながら淫気を高めているように星児を見つめていた。

どうやら、もう四十歳近い友里子に妊娠は酷《こく》ということと、すでに妊娠したかもしれない麻衣は除外されたのかもしれない。まして、このような性の饗宴に、実の母娘が加わるのは決まりが悪いだろう。

星児は、五人の心根をそっと覗き込んでみたが、誰もみな絶大な淫気で頭がいっぱいだった。

一同はビールからワインに切り替えながら、まずは腹ごしらえとばかりに食欲を満たして行為に備えているようだった。

星児も、期待に股間を熱くさせながら食事をした。

別室で一人一人とするのか、それとも何人かは一緒に立ち合って順番を待つのか、いずれにしても立て続けになりそうだし、采配は怜子がふるうのだろう。

もちろん連続でも、今の星児なら充分すぎるほど、難なくこなせる体力と性欲が有り余っている。

やがて食事があらかた済むと、面々は勝手にコーヒーや紅茶を淹れて休憩し、星児もブラックコーヒーを飲みながら気を高めた。

「じゃそろそろ始めましょうか。脱いだものはその椅子に置いて、こちらへどうぞ」

怜子が立ち上がって言い、自らドレスを脱ぎはじめた。

すると残る四人もてきぱきと脱いで、アクセサリーなども外した。まるで何者かに操られ、洗脳された集団のようだ。

たちまちリビングに五人の生ぬるい体臭が混じり合って漂い、星児も手早く脱ぎ去って全裸になってしまった。

もちろん彼自身は、期待と興奮でピンピンに突き立っている。

静香だけは和服なので少々脱ぐのに時間がかかったが、やがて全員が一糸まとわぬ姿になると、怜子に案内されてゾロゾロとリビングを出た。

しかし、そこは寝室などではなかった。

4

(うわ、ここで……?)

案内されたのは、大浴場である。すでに広い浴槽には湯が満たされ、床にはクッションになるバスマットが敷き詰められていた。

まるで旅館の風呂のように、六人でも充分な広さがあった。そして湯の熱気に、五人分の人妻の体臭が混じって甘ったるく立ち籠めた。

「じゃ、星児さんが好きなように皆に命じて」

怜子が言うと、彼はバスマットに仰向けになった。

「あ、足を濡らす前に匂いを……」

彼が言うと、美女たちは我先に彼の周りを取り囲んで立ち、

「こう？　すごい勃《た》ってて頼もしいわ」

真っ先に亜利沙が言い、積極的に足裏を彼の鼻と口に押し付けてきた。

さらに初枝や比呂子も、順々に交替して爪先を嗅がせてくれた。

誰もみな、指の股は汗と脂にジットリ湿り、蒸れた匂いを濃く沁み付かせていた。

余所行きに着飾っても、星児を悦ばせようと、みな昨夜から入浴していない状態で来たのだろう。

「ああ……」

星児は順々に嗅いでは爪先にしゃぶり付き、待ちきれない者は彼の爪先をしゃぶってくれた。

何しろ美女が五人もいると、混じり合った匂いも実に濃厚になり、彼は肌色の洪水に圧倒されてクラクラしてしまった。

やがて五人全員の両足とも、味と匂いを貪り尽くすと彼は言った。

「じゃ順々に、顔に跨がって下さい」

言うと、また亜利沙が跨がり、ためらいなくしゃがみ込んできた。どうやら偶然にも、ほぼ彼が懇《ねんご》ろになった順番通りになりそうであった。

亜利沙が引き締まった脚をM字にさせ、股間を鼻先に突き付けると、彼も腰を抱えて茂みに鼻を埋め込み、濃厚に蒸れた汗とオシッコの匂いに噎せ返った。

そして舌を這わせると、誰かがペニスにしゃぶり付いてきた。

唾液にまみれさせると、また別の女性が含んで舌をからめ、それぞれ微妙に異なる温もりと感触が順々に彼を高まらせた。

「く……」

暴発するわけにいかないので、彼は呻きながら肛門を引き締め、亜利沙のクリトリスを舐めた。顔中に股間が覆いかぶさっているので、誰が舐めてくれているのか一向に見当が付かない。

もちろん心根を読めば誰か分かるが、今はあまりの快感で夢中になっていた。

「アア、いい気持ち……」

亜利沙が喘ぎ、新たな愛液をトロトロと漏らしてきた。

さらに彼は亜利沙の尻の谷間にも潜り込み、弾力ある双丘を顔中に受け止めた。

蕾に鼻を埋めると、やはり蒸れた匂いが濃く沁み付いて鼻腔が刺激された。

舌を這わせるうちにも、彼の脚が浮かされ、誰かが肛門を舐めてヌルッと潜り込ませてきた。

星児も快感を味わいながら舌を挿し入れ、滑らかな粘膜を味わった。

「ああ、もうダメ……」

亜利沙がすっかり高まって言い、星児の顔から股間を引き離した。やはり後が詰まっているので気も急いて、急激に絶頂が迫ってきたのだろう。

他の女性も彼の股間から顔を引き離して場所を空けると、移動した亜利沙がしゃがみ込んで腰を沈め、ヌルヌルッと滑らかに彼自身を膣口に受け入れていった。

「アアッ……！」

亜利沙が完全に座り込み、股間を密着させながら顔を仰け反らせて喘いだ。

すると、初枝と比呂子が左右から添い寝し、彼の顔に乳房を押し付けてきた。

星児も順々に乳首を吸い、顔中で柔らかな膨らみを味わった。

もう初枝も母乳の分泌はなく、彼はそれぞれの乳首を舐め回し、混じり合った濃厚な体臭で鼻腔を満たした。

股間を突き上げなくても、亜利沙の方でリズミカルに腰を動かしはじめた。それでなくても今日はみな、受精しやすい日を一致させて集まっているのだろう。

星児が気を込めれば、まず確実に命中するに違いない。

左右から身を寄せる二人の腋の下まで嗅ぎ、星児もいよいよ高まってきた。

さらに初枝が顔に跨がってきたので、彼は前も後ろも存分に舐め、悩ましく熟れた匂いで鼻腔を満たした。

「い、いっちゃう……、気持ちいいわ……、アアーッ……！」

すると、先に亜利沙が声を上ずらせ、ガクガクと狂おしいオルガスムスの痙攣を開始したのだ。

その収縮に巻き込まれ、星児も激しい絶頂の快感に全身を包み込まれてしまった。

「あう……！」

彼は呻き、気を込めた熱い大量のザーメンをドクンドクンと勢いよく亜利沙の内部にほとばしらせた。

「ああ、熱いわ、もっと出して……！」

亜利沙が噴出を感じて喘ぎ、飲み込むようにキュッキュッと締め上げた。

星児も、初枝の愛液をすすりながら、心置きなく亜利沙の中へ最後の一滴まで出し尽くしていった。

「アア……！　良かった……」

亜利沙が言って突っ伏してくると、初枝が股間を引き離した。そして亜利沙も次の人のためゴロリと転がり場所を空けると、すかさず初枝が跨がり、まだ愛液とザーメンにまみれているペニスをヌルヌルッと受け入れて座り込んだ。

幸い、ペニスは星児が持つサイコキネシスの力で萎えることはない。いや、特殊能力がなくても、五人もの美女が順番を待っていたら続けて出来るのではないか。

「ああ、いい気持ち……」

初枝が股間を密着させて言うと、比呂子が彼の顔に跨がり、濡れた割れ目を押し付けてきた。

すぐにも初枝が腰を上下させ、星児は肉襞の摩擦の中、比呂子の匂いに噎せ返り、胸を満たしながら必死に舐め回した。

怜子と静香も彼の爪先をしゃぶり、時に内腿にまで歯を立ててくれた。

「す、すぐいきそう……」

初枝が口走ったが、彼女だけ果てても意味がない。星児も懸命に高まりながら、比呂子の前と後ろを貪りながら二度目の絶頂を迫らせた。

そしてリズミカルな摩擦と締め付けの中、彼も昇り詰めた。

立て続けとは思えない量のザーメンが、ドクンドクンと勢いよく内部にほとばしると、

「い、いく……、アアーッ……！」

噴出を感じた初枝が声を上げ、膣内を収縮させながらガクガクと身悶えた。

星児が出しきると、初枝も満足げに痙攣しながら膣内を締め付け、やがてそろそろと股間を引き離していった。

すると今度は、比呂子が移動して肉棒を膣口に受け入れ、怜子と静香も順々に彼の顔に跨がり、それぞれの匂いを籠もらせながら彼の鼻と口に割れ目を擦りつけた。

比呂子もすぐに腰を上下させ、心地よい摩擦を繰り返しながら、溢れる愛液で動きを滑らかにさせていった。

星児も怜子と静香の股間を貪り、さらに二人の乳首も味わい、混じり合った体臭でうっとりと胸を満たした。

同じようでいて、みんな違っていて、それぞれが良かった。

星児はズンズンと股間を突き上げながら高まり、さして苦労もなく三度目の絶頂を迎え、快感に貫かれた。

「く……！」

呻きながら射精すると、

「あう、いく……！」

比呂子もすぐに呻いて昇り詰め、痙攣しながら突っ伏してきた。

最後の一滴まで出し尽くすと、比呂子もグッタリとなって身を離し、次は順番が逆になったが、静香が跨がってきた。

「アアッ……！」

根元まで受け入れて座り込むと、静香が熱く喘ぎ、キュッキュッと膣内を締め上げてきた。先日のときのように、もう全身が浮遊することはなく、星児も股間を突き上げて快感を嚙み締めた。

そして済んでいる女性も含め、全員の股間と腋の匂いを味わった。さらに彼は、彼女たちの顔を抱き寄せて順々に舌を絡めた。美女たちの吐息は熱く湿り気を含み、ワインの香気と食後の濃厚な匂いで彼の鼻腔を搔き回した。

すると女性たちも星児が好むのを知っているので、トロトロと彼の口に唾液を垂らし、顔中も舐め回してヌルヌルにしてくれた。

混じり合った吐息と唾液の匂いに包まれ、彼は淑《しと》やかな和風美女の静香の中で昇り詰め、心置きなく射精したのだった。

「ああ、感じる……！」

静香も奥に噴出を感じて口走り、ガクガクと痙攣しながらオルガスムスに達していった。やがて星児が出し尽くし、彼女がグッタリとなると、息を弾ませながら身を離していった。

「すごいわ、続けて四回もだなんて」

怜子が感心して言った。残るは彼女だけである。

「少し休憩する？」

怜子が、少しでも濃いザーメンを欲するように言った。

「じゃ、みんなでオシッコを……」

「いいわ、そう言うと思ってビールを飲んでいたのだから」

彼が言うと、女性たちが全員立ち上がった。果てたばかりの静香は、亜利沙に支えられて身を起こした。

そして五人は仰向けの彼の顔を囲むようにスックと立って股間を突き出し、自ら指で割れ目を広げながら尿意を高めたのである。

何という壮観さであろうか。星児は全裸で立ち並ぶ五人の美妻を見上げた。ペニスは萎える間もなくピンピンに突き立ったままだ。

間もなく順々にチョロチョロと放尿を開始し、熱い流れが彼の顔や上半身に降り注がれてきた。

これも個々は淡くても、五人分ともなると悩ましい匂いが鼻腔を刺激し、彼は口に受け止めて味わった。頬や胸にも勢いよく容赦ない流れが直撃し、もう彼は誰が出したものか分からないほど朦朧となってきた。

やがて流れが治まってゆき、みなが周囲に座り込むと、怜子が跨いできて、肉棒を滑らかに膣口に受け入れていった。

「アア……、いいわ、奥まで感じる……」

怜子が顔を仰け反らせて言い、味わうようにキュッキュッと締め上げてきた。

他の四人も順々に彼と舌を絡め、惜しみなく生温かな唾液とかぐわしい吐息を与えてくれた。

そしてズンズンと股間を突き上げると、怜子も腰を遣い、

「ああ……、いきそうよ、中にいっぱい出して……！」

収縮と潤いを強めて喘いだ。

さらに彼女が覆いかぶさってくると、他の女性たちも左右から身を寄せ、星児は肉

林の中で女体の匂いに包まれ、五回目の絶頂を迎えたのだった……。

5

「慌ただしかったけど、昨日と今日の午前中で、大体の用を済ませたわ」

翌日の昼過ぎ、友里子が星児のアパートへ来て言った。

昨夜は怜子の家から帰宅するとすぐ、さすがに星児も心地よい疲労で早寝したのだった。今日、目覚めたときにはもちろん疲れは残っていなかったが、実に五人が相手だったので、昨夜の細かな記憶は飛んでいた。

一人一人が美女なのに、五人まとめてという何とも贅沢な半日を過ごしたものだった。

そして五人全員が、命中したという意識を持ったらしい。

もちろん、それぞれの夫ともセックスし、夫の子ということで産み育てるつもりなのだろう。

今日はゆっくり起き、星児がブランチとシャワーを終えたところに、これから来るという友里子のラインを受けたのである。

「そうですか」

「離婚届の提出と、彼と彼の両親と慰謝料の打ち合わせ。たいそう恐縮していたわ。そしてマンションにある彼の私物を送ったりしてたの」

友里子が言う。麻衣の夫が孕ませた彼女というのは、大学時代の後輩らしい。

「それはお疲れ様でした。麻衣ちゃんの様子は？」

「案外さっぱりしたみたい。むしろ星児さんとの新しい生活を楽しみにしているようだわ」

「では、僕も引っ越しを……？」

星児が言うと、友里子は狭い室内を見回した。

「ここも愛着はあるでしょうけど、すぐにも麻衣のマンションで暮らして欲しいわ。彼が使っていたお布団はクリーニングに出したけど、それでいい？」

「ええ、もちろん。彼の食器だってそのままで構いません。歯ブラシと箸《はし》だけは自分で持っていきますが。ここも、僅かな着替えとノートパソコンぐらいで、バッグ一つでいつでも行かれますので」

「そう、不要なものはお金を渡して、大家さんに処分してもらうといいわ」

「はい、では今日にでも大家に言って、明日引っ越します」

彼は答え、今夜がこのアパートでの最後の一夜になることに感慨を覚えた。

ここで揃えた家具も、まだ二年余りだが処分するで構わないだろう。小型冷蔵庫やレンジなど、全て揃っているマンションには必要ない。

「それから、検査薬で麻衣の妊娠が確実になったわ」

「そ、そうですか……」

友里子に言われて、まだ星児は人の親になるという実感が湧かないまま答えた。

「じゃ僕も近々、住所の変更のこともあるので親に報告しますね」

「ええ、それと婚姻届と養子縁組の届け出も、父と相談して良いように決めて構わないわね？」

「はい、よろしくお願いします。月影星児か、月と星で縁起が良さそうですね」

彼がそう言うと、友里子も今後の話を終えた。すると急に、友里子は淫気を催したように甘ったるい匂いを濃く揺らめかせた。

「昨日、五人を相手にしたのね。私だって、まだ妊娠出来るわ。今日お願い」

友里子が熱っぽい眼差しで言い、彼もムクムクと股間を突っ張らせた。

彼女も、昨日のことは全て承知しているようだ。そして、万事が吾郎の予定通りに進んでいるのだった。

「ええ、僕もこの部屋でする最後でしょうから」

星児が答えると、彼女もすぐに服を脱ぎはじめた。

彼は先に手早く全裸になり、勃起しながら万年床に横になった。

友里子も、ためらいなく最後の一枚を優雅に脱ぎ去り、一糸まとわぬ姿で添い寝してきた。

甘えるように腕枕してもらうと、生ぬるく甘ったるい匂いとともに彼女も優しく彼を豊かな胸に抱いてくれた。

「近々、息子になるのね……」

友里子が、星児の髪を撫でながら囁いた。

麻衣と結婚すれば彼は友里子の息子だが、夫婦養子として吾郎の子になると、友里子からすれば星児と麻衣は弟と妹になるのか、何やら複雑だった。さらに友里子が子でも生んだら、それが誰にとって何になるのかも分からない。

とにかく、母親でも姉でも良いから、星児はこの豊満美女に包まれたかった。

彼は友里子の腋の下に鼻を埋め、濃く甘ったるい汗の匂いで胸を満たしてから、目の前で息づく巨乳に手を這わせ、チュッと乳首に吸い付いて舌で転がした。

「ああ……」

友里子が熱く喘ぎ、うねうねと三十九歳の熟れ肌を悶えさせはじめた。

星児は仰向けの彼女にのしかかり、左右の乳首と膨らみを味わった。

そして白く滑らかな熟れ肌を舐め降り、豊満な腰のラインから脚を舐め降りていった。足裏に舌を這わせ、揃った指の間に鼻を割り込ませ、汗と脂の湿り気でムレムレになった匂いを貪った。

爪先をしゃぶり、両足とも味と匂いを堪能すると大股開きにさせ、彼は脚の内側を舐め上げていった。

ムッチリと張り詰めて量感ある内腿を舐め、股間に迫ると悩ましい匂いを含んだ熱気が彼の顔中を包み込んできた。

見るとはみ出した陰唇はすでにネットリとした大量の蜜汁にまみれ、覗いたクリトリスも光沢を放って愛撫を待っていた。

黒々と艶のある茂みに鼻を擦りつけ、隅々に蒸れて籠もる汗とオシッコの匂いを貪りながら、舌を挿し入れていくと、ヌルリとした淡い酸味の潤いが迎えてくれた。

かつて麻衣が産まれ出てきた膣口の襞をクチュクチュ探り、味わいながらクリトリスまでゆっくり舐め上げると、

「アアッ……、いい気持ち……」

友里子が熱く喘ぎ、内腿でキュッときつく彼の両頬を挟み付けてきた。

星児はチロチロと弾くようにクリトリスを舐め、さらに彼女の両脚を浮かせ、逆ハート型の豊かな尻に迫った。

双丘に顔中を密着させ、谷間の蕾に鼻を埋めて嗅ぐと、蒸れた汗の匂いに混じり、秘めやかなビネガー臭も混じって鼻腔が刺激された。

美女の恥ずかしい匂いを貪ってから舌を這わせ、ヌルッと潜り込ませて滑らかな粘膜を探ると、

「あう……」

友里子が呻き、キュッと肛門できつく舌先を締め付けてきた。

星児は舌を蠢かせ、微妙に甘苦い粘膜を味わってから、再び割れ目のヌメリをすすった。

「いいわ、今度は私が……」

彼女が身を起こして言うので、星児は入れ替わりに仰向けになった。

すると友里子は張り詰めた亀頭をしゃぶり、喉の奥まで呑み込んで吸い付きながらネットリと舌をからめて唾液にまみれさせてくれた。

充分に潤うとすぐに彼女はスポンと口を離し、身を起こして前進して跨がり、先端

をゆっくり膣口に受け入れていった。

ヌルヌルッと滑らかに嵌まり込むと、彼女は身を重ね、星児も下から両手でしがみついた。膝を立てて豊かな尻を支え、潤いと締め付けを感じながらズンズンと股間を突き上げた。

「アア……、すぐいきそうよ……」

友里子が喘ぎ、収縮を強めながら上からピッタリと唇を重ねてきた。

舌を絡め、互いに高まりながら彼は今後のことに思いを馳せた。

吾郎がどれほど具体的なビジョンを抱いているのか分からないが、とにかく世界征服を目指し、星児は新人類の親となるのである。

そして彼は、快感の中で気を込めながら、友里子の中で激しく昇り詰めていったのだった……。


（了）

※本作品はフィクションです。
作品内の人名、地名、団体名等は
実在のものとは関係ありません。

長編小説

七人《しちにん》の人妻《ひとづま》

睦月影郎《むつきかげろう》

2021年6月21日　初版第一刷発行

ブックデザイン……………………… 橋元浩明(sowhat.Inc.)

発行人……………………………………………… 後藤明信
発行所…………………………………… 株式会社竹書房
〒102-0075　東京都千代田区三番町8－1
三番町東急ビル6F
email：info@takeshobo.co.jp
http://www.takeshobo.co.jp
印刷・製本………………………… 中央精版印刷株式会社